合邦の密室

目次

主な登場人物

海神惣右介（わだつみ　そうすけ）……劇評家・ライター
入江一平（いりえ　いっぺい）……葦船島の船宿の息子
冨澤弦二郎（とみさわ　げんじろう）……文楽三味線・惣右介の友人
三郷ユミ（みさと　ゆみ）……編集者
梅本久太夫（うめもと　きゅうだゆう）……隠棲の「生き人形」作家
生島（いくしま）……葦船神社宮司
智恵（ちけい）……玉島寺住持

冨竹長谷太夫（とみたけ　はせたゆう）……文楽太夫、弦二郎の相方
冨竹伊勢太夫（とみたけ　いせたゆう）……長谷太夫の師
冨澤段史郎（とみさわ　だんしろう）……弦二郎の師
冨澤静作（とみさわ　せいさく）……弦二郎の弟弟子
楠竹真悟（くすたけ　しんご）……文楽人形方・左遣いの青年

冨竹古宇津保太夫（とみたけ　こうつぼたゆう）……文楽太夫・一九六八年没
冨澤段平（とみさわ　だんぺい）……文楽三味線・一九六八年没

お母さんは私に毒を飲ませました。
その毒で、私の顔は崩れました。
お父さんを殺したのも、私のお母さんなのです。

葦船島の夏祭りの日、それは真夜中のことでした。
高熱を出して眠れず、布団の中で苦しむ私の耳に、部屋に近づく
摺り足の音が聞こえました。
襖が開き、何かが枕元に近づいてきました。

何となく厭な感じがして、私は寝ているふりを続けました。

しばらくして、私は仰向けのままそっと薄目を開きました。

目の前には真っ黒な影の塊がありました。枕元に座った影は、私の顔を覗き込んでいました。


その影の中、ぼんやりと浮かび上がったのは、お母さんの白い顔でした。

闇に目が慣れて、どうやら様子がわかりました。

黒い着物に黒い頭巾。

お母さんはそんな奇妙な格好をしていました。

その頭巾は着物の片袖のようでした。

どうしてこんな格好をしているんだろう？　私は思いました。
しかしそれ以上に、私はとても厭な気配を感じました。
まるで何か不気味な妖気が、お母さんの背後に揺らめいているかのようでした。

「ゴトリ」と、畳の上に何かが置かれる音がしました。
私は寝返りを打つふりをしてお母さんの方に顔を向けました。

風呂敷包みが一つ、お母さんの膝元には置かれていました。
人間の首ぐらいの大きさ、人間の首を包んだような形。
他には譬えられないほど、それはそんな厭な形をしていました。
とその時、風呂敷にお母さんの袖が触れ、包みの角が崩れました。

厭な予感は的中しました。
それは頬から顎にベットリと血の付いた、お父さんの生首だったのです。
力のない眼差しで、お父さんは私を見つめていました。
その光景に驚く間もなく、一層奇妙なことが起こりました。
お父さんの首が、突然宙に浮かび上がったのです。

虚空高く浮かんだ首は、ゆっくりと旋回しました。
そして、首は闇の中に溶けるように消えました。
あまりの驚きで、私は身動き一つできませんでした。
と突然、お母さんは立ち上がって突然甲高い笑い声を上げました。
「オホホ」とも「ハハハ」ともつかぬ奇声を響かせ、お母さんは

首を追うようにして部屋を出て行きました。

あまりの恐怖に、私の意識は途切れました。
次に気が付いた時、私は病院のベッドの上にいました。
飲まされた毒の治療に、私はそこに入れられたのです。

お父さんを殺したお母さん。
私の顔を毒で崩したお母さん。
私はあなたを、絶対に許しはしない。

序段　義太夫の段

一

「……なんですか？　これ」

読み終えたノートから顔を上げ、弦二郎《げんじろう》は相方の顔をまじまじと見つめた。

「なんやろなぁ……。俺もよゥ判らへんねん……弦さんは、なんやと思う？」

商売道具の美声を使い、長谷太夫《はせたゆう》はほとんど中身のない答えを返した。

大阪文楽劇場。六月文楽公演、夜の部。摂州合邦辻《せっしゅうがっぽうがつじ》『合邦庵室《あんじつ》の段』上演中のことである。

前場の出番を終えた弦二郎は、隣に座る相方から「三味線置いたら、ちょっと俺の楽屋に来てくれへんか」と耳打ちをされたのだった。


　呼び出された六畳二間の楽屋、奥の間の師匠は現在出番中。天井のスピーカーからはその師匠、冨竹伊勢太夫《とみたけいせたゆう》と弦二郎の師・冨澤段史郎《とみさわだんしろう》の舞台中継が小さな音で流れている。

「……」

読み終えたノートを再びパラパラめくってみる。

縦書きの和綴じのノート、冒頭の数ページに書かれた毛筆の文字。それ以外はまっさらの白紙――タイトルや名前らしきものも、一切何も書かれていない。

弦二郎は長谷太夫に視線を戻した。

「で、何なんです？　これ」

「ん、いやな……」袖の中で腕を組み、長谷太夫は低い美声を響かせた。「来月の巡業先『葦船《あしふね》島《じま》』の資料。……まとめて研修室に置いといたんは知ってるやろ？」

「はい。若手のために集めてくれはったやつですね。その段はお手数お掛けしました」

「いやいや、資料言うても、葦船島がちょこっと載ってる淡路島のパンフレット、ガイドブック程度のもんやけどな……」

葦船島は淡路島の南、紀伊水道に浮かぶ小さな孤島。

関西に住む人間でさえほとんど知らないその辺鄙《へんぴ》な孤島には、文楽と縁《ゆかり》の深い神社があり、四十四年前まで、文楽は毎年巡業していたという。

「そしたら、これも長谷さんが集めてくれはった葦船島の資料？……なんですか？」

「ちゃうちゃう、こんな怪態《けったい》なもんが資料なわけあるかいな」

長谷は顔の前でぶんぶんと掌を振った。

「……明日で六月の大阪公演も千穐楽《せんしゅらく》やろ。ぼちぼち研修室の片づけもせなあかんと思てな、出番

の前、出しといた本を片付けに行ったんや。そしたらその中に、そのノートが混ざっとった……」

弦二郎が持つノートを見つめ、長谷は続けた。

「誰かが故意に入れたんか、あるいは、資料を広げた時にでも間違って紛れ込ませてしもたのか……。いずれにせよ、持ち主も、書かれてる内容の意味もよう解らん、正体不明の謎のノートや。さて、どうしたもんか……と思てなぁ」

「経緯《いきさつ》は解りましたけど、でも、なんで僕に？」

首を傾げる弦二郎に顔を近づけ、長谷太夫は低く美声を響かせる。

「名探偵の弦さんが、ノートに書かれた怪態な話の真相を解明してくれる――」

ニヤリと笑い、長谷は白い八重歯を覗かせた。

「そんなこと、俺はちぃーっとも期待してへん」

「はぁ……」

確かに、僕にはそんな芸当は出来へんやろなぁ――弦二郎は気の抜けた声を上げた。

不敵な笑みを浮かべ、長谷は続けた。

「……けど、研修指導担当の弦さんは若手のレポートを読むことも多い。つまり、もしかしたら、この字を書いたのが誰か判るかもしれん……と、俺は考えたわけや」

「はぁ……」

「……ほら、その字。見覚えはあれへんか？」

言われれば確かに、見たことがある字のような気もする。しかし、極端な癖字ならともかく、

まるで清書したように行儀良い毛筆の書き手が判るほど、弦二郎は字というものに明るくない。

「見たことあるような気もしますけど……」

首を横に振り、弦二郎は長谷にノートを返した。

「そうか……。まぁ、日本語の字なんやさかい、見たことはあるやろなぁ」

パラパラとページを繰りながら、長谷はつまらなそうに続けた。

「やっぱり、小説の下書きか何か『趣味の文芸』の類《たぐい》なんかなぁ。『四十四年前の葦船島、名人二人の死の真相の謎を解く鍵のノート』――そんな推理小説みたいな話、あるわけないか……」

「いや、長谷さん……」弦二郎は長谷を見つめた。

「そのノート、そんな古いもんではないと思いますよ。それどころか最近おろしたばっかりのようにも見える。それに、僕らの知ってる誰かの文字やというのなら、当然、その内容は昔の話やない。つまり『このノートが葦船島の例の件と関係があったら面白いのになぁ』という長谷さんの不謹慎な願望と、僕にノートの文字を検《あらた》めさせる長谷さんの推理は、そもそも最初《はな》から矛盾してる――そういうことになるんとちゃいますか？」

「ん？」

ノートと弦二郎の顔を見比べ、長谷はしばし沈黙する。

「……まぁ、そやな、あれや」

ごにょごにょと言い、そして、長谷はからりとした笑顔を見せた。

「いずれにしても、母親に毒飲まされて顔が崩れて、父親の生首が宙に飛ぶ……そんな芝居じみ

た話が、あの件に関係してるわけがあれへんわな。――黒紋付に頭巾姿、子に毒を飲ませる母親ってのも『合邦』の玉手御前《たまてごぜん》そのまんまやし、きっと、今『合邦』に出てる誰かがつい夜中に書いてしもた小説もどき――ちゅうとこやろな」

背後の文机にぽんとノートを載せ、長谷は天井のスピーカーを見上げる。

相方に従い、弦二郎も舞台中継に耳を澄ました。

〽 仏法最初の天王寺
　西門通り一筋に
　　玉手の水や合邦が辻……

弦二郎の師、段史郎の三味線。

長谷太夫の師、伊勢太夫の語り。

二人の名人がまさに『合邦庵室』のクライマックス、切場を仕上げに掛かっている。

弦二郎に視線を戻し、長谷はニヤリと笑った。

「楽屋に戻って来る師匠にも、あとでちょっと聞いてみよか――」

スピーカーから割れるような拍手の音が聞こえた。

同時に、廊下がにわかにざわめき始めた。

*

「おつかれさまでございました」

居ずまいを正した長谷とともに、弦二郎は控えの間の畳に手をついた。

伊勢太夫はゆったりとした袴捌《さば》きで畳に上がる。

「おつかれさん。……お、弦二郎君も一緒かいな」

四角い顔に笑みを浮かべ、伊勢太夫は奥の間へと進んだ。長谷は立ち上がって師に近寄り、手際よく肩衣を外すのを補《たす》ける。

手早く単衣《ひとえ》の紬に着替え、伊勢太夫は長谷が差し出す座布団に腰を落とした。そして衣装を畳む弟子の体越し、次の間の弦二郎に声を掛けた。

「弦二郎君、会社からの今夜の指示、段史郎《だんしろ》はんから聞いてるか？」

文楽の人間は興行主――文楽芸術協会――のことを会社と呼ぶ。

「いえ……。何のことでしょう？」

弦二郎は首を傾げた。

冗談めかし、太夫は大仰に背筋を伸ばす。

「外のマスコミが帰るまで、文楽の人間は出来るだけ劇場に残っとるように……とのお達しや」

長谷が素早く声を上げる。

「なんでです？」

二人の顔を見渡し、太夫は淡々と応えた。

「滅多なコメントを撮られて、変にテレビで使われるのも厄介。さりとて、ノーコメントで逃げる姿を映されるのもみっともない。今夜は文楽の人間をなるべくカメラの前に出さへんようにする。……それが会社の『危機管理』なんやて」

大阪市が文楽への補助金廃止を本格的に検討――そんなニュースが流れた今日、劇場の周辺にはいつになく大勢の報道陣が姿を見せていた。

「へ?」長谷太夫は頓狂な声を上げた。「そしたら、今夜は劇場に籠城。ここに泊まれとでも言うんですかいな?」

「いや、そこまでは言うてへん。いつもより二、三十分、楽屋でのんびりして帰ってくれということ、まぁ、ただそれだけの話や」

ふう――と溜息ついて腕を組み、伊勢太夫は弦二郎に向き直った。

「ところで、段史郎はんのとこに、誰か人はおるんかいな?」

「はい、今日は静作《せいさく》がついてます」

「さよか」伊勢太夫は頷き、穏やかな笑みを浮かべた。「そしたら弦二郎君、たまには太夫楽屋《とと》で茶でも飲んで、のんびりしてったらええわ。……明日の千穐楽、来月の若手会、巡業、その他諸々――これから何かと、忙しくなるやろさかいな」

と、冗談めかした笑みを浮かべ、名人は浄瑠璃風の調子で言った。

「スリャ、これ幸いに、しばしの休息……とナ」

招かれるまま、弦二郎は奥の間、伊勢太夫の正前に座を移した。

太夫の脇には黒塗りの見台が置かれている。語るべき床本は載っていなくとも、名人愛用の道具には今から『浄瑠璃《かたり》』が始まるかのような重い気配が漂っている。

しかし当の名人は、弟子が淹れる茶をのんびりと寛《くつろ》いだ様子で待っている。

部屋の隅で急須を動かす長谷と正面の弦二郎を見比べるように視線を動かし、伊勢太夫はなにげない様子で言った。

「時間もあるよってに、なんなら来月の合わせでもしよか？」

「え！　稽古ですか？」

湯呑みを載せた盆を手に、長谷は嬉しそうに目を輝かせた。……が、弦二郎は思わず表情を曇らせてしまう。

弦二郎の顔を眺め、伊勢太夫は「あぁ」と声を上げた。

「……そうか、今度は弦二郎君、『三曲』やったな」

「はい……そうなんです……」

「三味線は用意できても、琴と胡弓はすぐには準備出来へんさかいなぁ……。稽古は、ちょっと難しいか……」

巡業の演目『阿古屋《あこや》』。弦二郎は主人公の遊君阿古屋が身の潔白の証に弾く「琴」「三味線」「胡弓」三つの楽器――いわゆる『三曲』の演奏を担当する。

出来ることなら弦二郎も稽古をしたい。しかし、そのためには琴と胡弓を準備、調弦しなければならないし、主三味線の師匠とツレ弾きの静作にも稽古に参加してもらわねばならない。

さて、どうしたものか――考え込む弦二郎の顔を眺め、伊勢太夫はおどけた笑みを浮かべた。

「茶でも飲んでのんびりと……と言うた矢先に稽古やなんて、粋《すい》ないことを言うてしもた。堪忍。……まぁ、稽古のことは明日の千穐楽が終わってから、改めて相談しようやないか」

「はい、よろしゅうお願い申します」

頭を下げる弦二郎の隣、長谷は二つ湯呑みが載った盆を挟んで腰を下ろした。

「……そしたら師匠、今夜は一つ、昔話でも聞かせてくれはりませんか？」

「ん？　むかし話？」

「はい、昔話。葦船島の昔話」

さらりと言う長谷の横顔を、弦二郎はまじまじと眺めてしまった。

その昔、葦船島で起きた殺人事件――それは、文楽界の数少ないタブーである。

その件につながる話題を師匠に振るなど、自分にはとてもできない芸当だ……。

「ああ……あの島のむかし話なぁ……」

腕を組んで宙を見上げ、老師は意外と穏やかな表情を浮かべた。

「私《あて》らがあの島に巡業に行ってた時代……あの頃は今どころやない大変な時代やった。けど、どういうわけか、皆あっけらかんとしとったなぁ」

「大変な時代？」

「赤字続きの文楽を辛抱強く興行し続けてくれてた座元、松竹はんからもいよいよ匙を投げられて、あの頃、文楽は本当に滅亡の危機に瀕しとった。葦船島の最後の巡業、昭和四十三年の頃は、文楽が国の補助で救けてもらう直前……。こんな立派な『大阪文楽劇場』が出来て、今でも文楽を続けてられるなんて、夢にも思われへんかった時代や」

一拍置いて、名人は静かに語る。

「あの頃の私《あて》らは、潔く、滅びゆく文楽と心中する覚悟やったのかもしれん……」

「――古宇津保太夫《こうつぼたゆう》と段平《だんぺい》さんみたいに……ですか？」

腹に響く低い声で、長谷太夫は言った。

その二人の名は――。弦二郎は息を呑む。

坊主頭でギョロリとした目、威風備えた冨竹古宇津保太夫。

『文楽界の上原謙』と、当時のスターに喩えられた美男子、糸筋凛々しい冨澤段平。

写真と録音でしか知らない二人の名人の顔が、弦二郎の脳裏に浮かぶ。

しばらく黙って宙を見つめ、老師は半ば独り言のように応えた。

「あの人らのことは、あの人らにしか解らんことや……」

太夫は目を瞑《つむ》り、楽屋に長い沈黙が訪れる。

長谷はちらりと弦二郎に目を向けた。『いきなり名前を出したのはまずかったかいな？』――まるで相方の心の声が聞こえるようだ。

「えーっと……」高く明るい声で長谷は仕切り直した。「島は、賑やかでした？」

「ん――？」

「……最後の巡業の時、師匠も島に行ってはったんでしょ？」

「ああ……。行ってたで。あの頃の島の祭りは賑やかで、夜店も仰山出とったし、見世物小屋みたいなもんまで境内に木戸を立てとった。……不入りにあえいでた文楽でさえ、昔の芝居小屋の雰囲気を楽しめるというて、あの島でだけはいつも満員御礼やった」

「へぇー。……そんなに良い小屋なんですか？」

「それはもう、立派な小屋やったで。そもそも文楽のために造られた小屋だけあって、上手《かみて》の文楽廻しの床は高く大きく造られててな、そのうえ下手《しもて》には花道も設《こさ》えられてる――。一階には桟で枡形に仕切られた平場の席と左右の桟敷《さじき》。桟敷には二階もあって、昼は桟敷の背後一面の障子から差し込む光、夕方はぼんやりとした蠟燭の光に舞台が照らされる。……あの雰囲気は明治の頃の芝居小屋そのものやと、私《あて》の師匠は言うてはったな」

「そんな立派な小屋が、なんであんな離島に？」

「明治、文楽最盛期の頃、文楽の人間や座元、ご贔屓《ひいき》さんたちが金を出し合って、あの島の神社に小屋を寄進したらしい」

「なんでです？」

「島の神社に祀られてるんは傀儡《くぐつ》芝居の護り神『百太夫』の神さんなんや」

「え？　西宮神社の、あの百太夫さんですか？」

西宮神社の末社、百太夫神社——それは文楽にゆかり深い神社の一つである。

「そうや。——西宮の百太夫神社は戎《えべっ》さんの末社やけど、葦船島の『葦船神社』は百太夫の神さんを本殿に祀る……なんでも、日本でただ一つの神社なんやそうや。その神社が島にあることを知った明治の先輩たちは、そこを自分らの聖地と定めて、毎年、芸を奉納しに通わはった……。今は昔、きれいさっぱり忘れ去られた話やけどなァ」

遠く昔を眺めるように、太夫は両眼を細めた。

「……あの島の巡業に、そんな歴史があったんですか。全然知らへんかったわ。なぁ、弦さん」

「あ、はい……」

研修生に『文楽史』を講義する自分でさえも知らなかった昔話に、弦二郎は呆然と聞き入っていた。

能楽師たちにとっての吉野天河《てんかわ》神社。

市川團十郎にとっての成田山新勝寺。

文楽にとって、葦船島がそれらにも等しい場所だったとは——。

よりによって、そんな場所で……。

タブーという言葉を言い訳に、あの島に、あの事件に、今まで触れぬようにしてきたことは大きな間違いだったのではないか？——話を聞きながら、弦二郎は漠とした思いを巡らせていた。

「……なんや弦さん、ぼんやりと黙ってからに」

「あ、いや——」弦二郎は我に返り、二人の太夫の顔を見比べた。

「……その最後の巡業に、うちの師匠も行ってはったんでしょうか？」

「ん？　段史郎はんか？」

しばし考え、太夫は言った。

「いや、あの年は二年後の大阪万博のためのデモンストレーションの仕事が重なって、最小限の人間しか島には行かへんかった。段史郎はんは万博組。島には渡らず東京に行ってたはずや」

「その年島に行ってた三味線は、今、文楽におらはりますか？」

弦二郎は質問を重ねた。

何かを問い糺《ただ》すつもりはなかった。ただ『三味線』こそが、自分と過去を結ぶ最も太い一の糸だと思ったのだ。

しばし考え、太夫は答えた。

「なんせこの年寄りが一番若手やった頃の話や。三味線も太夫も人形も、当時の人間はそんなには残っとらへん。あの時島におった三味線で今生きてるんは……。もう、瓢太郎《ひょうたろう》一人ぐらいのもんやなぁ」

「瓢太郎……さん？」

「とっくの昔に廃業した私《あて》と同期の三味線や。名前の通り瓢げた男で、あの巡業の時も稽古中に床から客席に落ちて怪我して、舞台に穴をあけてしもた粗忽者《そこつもん》や」

「えっ？」長谷は濁った声を上げる。「少ない人数やったのに穴あけて、巡業は無事に勤まったんですかいな？」

「あぁ……。確かに、穴はあいた……。でも、穴はあけへんかった……」

「――？」

老師の奇妙な物言いに、弦二郎と長谷は互いに顔を見合わせる。

視線を戻すと、太夫の顔にも怪訝な表情が浮かんでいる。

しみじみと太夫は語った。

「……あの日のことは、今考えても不思議なことや。あの音は、一体誰の手やったのか……」

「どういうことですか？」

長谷より早く弦二郎が口を開く。

「ん……」

太夫は黙って、しばらく弦二郎を見つめ続ける。

何かを決心したように、太夫は鷹揚に頷いた。

「今となっては私《あて》しか知らん昔話。せっかくやから、話しとこか……」

脇の見台に、伊勢太夫はそっと手を置いた――。

二

あの日の演目は『合邦』の通しと『七化け』……九尾の狐の踊りやった。

一番下っ端の若手、私《あて》と瓢太郎は『合邦』に出番はなし。

島巡業の太夫と三味線、十人全員が床に出る『七化け』だけが勤めやった。

それやというのに前日の稽古で、瓢太郎は床から落ちて手首を捻挫してしもた……。

その時島に渡ってた太夫と三味線はきっかり十人。残りの文楽は全員、万博のプロモーションの仕事で東京に出掛けてる。

急な穴を埋める三味線はどこにもおらへん……。

結局、上の人らの話し合いで、お客さんには申し訳ないけど一番下座の三味線の抜けた形——四挺五枚の床で『七化け』は演《や》らしてもらうということに話は落ち着いた。

『合邦』は今日みたいに『庵室』だけやのうて、『住吉毒酒の段』からの通し狂言。昼の三時から始まった公演は『庵室』が終わる頃には六時を過ぎた。


あの日の『庵室』はなァ……。

老練の名人、古宇津保太夫。若い天才、段平はん——一時《いっとき》は「連理のコンビ」というてもてはやされた二人が久し振りに組んで聴かせた、鬼気迫るほどの情がこもった、それはそれは見事な演奏やった。

奇しくも今生最後となった、名コンビの復活——。

私《あて》やお客さんたちだけやのうて、お天道さんも感動したんか、『庵室』が始まってしばらくして、小屋の外は急に薄暗くなって、パラパラと涙のような雨が降り始めた。

まだ夕方やというのに切場の頃には外は真っ暗。幕が閉じた時、激しさを増して地を打つ雨は、まるでお客さんたちと一緒に拍手してるかのようやった……。

少しの休憩を挟んで、『七化け』が始まる時間になった。

仰山の太夫、三味線が一列に並ぶ『七化け』の床、盆の回転は使わずに脇の戸口から五人の太夫、四人の三味線がぞろぞろと床に出る。

本来は日が出てる内にしか芝居を掛けへん、照明のない昔の芝居小屋。

外のザザ降りの雨と厚い雨雲のせいで、客席はほとんど真っ暗。

舞台の手摺前に並べられた蠟燭、床の両端に立てられた二本の燭台、木戸口の提灯——それだけしか灯りがない劇場は、マァ、雰囲気があると言えばあるのやけれど、かなりの高さがある床から足を踏み外して瓢太郎と同じことになったら一大事……私《あて》は一番端の舞台寄り、戸口から一番離れた下座《しもざ》の見台目指して慎重に床を進んだ。

舞台側に向かって、太夫が五人。

桟敷側に向かって、三味線が四人。

一列に並んで腰を下ろしたその時、桟敷側の床の端、三味線下座の燭台の灯がフッと消えた。

『トーザーイ、トォーザーイ』——幕が開く。

桟敷側の蠟燭が消えたまま、三味線の合奏が賑々《にぎにぎ》しく始まった。

チテチンチンチン、チトチリリンリン、チレチンチン……

すぐに、私《あて》は気付いてハッとした。

三味線が、四人やのうて五人おる――。


瓢太郎が座るはずやった一番端、蠟燭が消えた闇の中から響いてくる三味線の手は、びっくりするほど達者やった。潑剌とした音が上座の三味線、そして、太夫たちを圧倒する――。

〽 今魂は天下《あま》がる　鄙《ひな》に残りて悪念の
その妄執の晴れやらぬ　恨みは石に留まりて……

始まった浄瑠璃を語りながらも、私《あて》はその三味線が気になって仕方なかった。

段平はんの一つ向こう、一番下座《げざ》の暗闇を、私《あて》はチラチラ横目で窺い続けた。

一番離れた端と端。灯の消えた闇の中。当然、三味の姿は少しも見えん……。

聴けば聴くほど強く、太く響いてくるその音に、私《あて》は語りながらも目をむいた。

その音の力強さは、なんというか……そうや、まるで雲間を駆ける龍のようやった。

速い調子のあの曲を、細かく、正しく、完璧に拾うその撥さばきは、そう、まるで陸を離れる鶴の羽ばたき、谷間の木々をかすめ飛ぶ隼の羽――。魔性にも似たその音は、床と舞台、そして

客席、小屋のすべてを覆いつくした。

語りながら、私《あて》は打ちのめされる思いやった。

なんやこの音。こんな音を聴かせる弾き手がこの世におったんか——と。

驚いてたんは、もちろん私《あて》だけやない。上座の太夫も三味線も、皆、一番下座の暗がりを気にしているのが手に取るようにわかった。

舞台の上——殺生石の前で狐を遣う先代の巳之作《みのさく》師匠も、まるで妖しい音に突き動かされるかのように鬼気迫る踊りを見せる。

お客さんらも音に聴き入り、舞台に見入る——。

あとにも先にもないほど、あの日の『七化け』はすごい一段やった。緊張感がいっぱいに張り詰めた床やった。暗闇から聴こえたあの三味線、あれは、私《あて》が今まで聴いた三本の指に入る手やった……。

猛烈な拍手が鳴り響く中、幕は閉じた。

けど、一番下座の戸口寄り、真っ先に捌《は》けた三味線はそのまま挨拶もなく姿を消してしもた。

私《あて》も散々舞台裏を走り回って探してみたが、その姿を見つけることは出来へんなんだ。

すぐ隣で三味線を弾いてた段平はんは、何か事情を知ってる様子やったな。

けど、問い詰めてもだんまりで、なにも教えてくれへんなんだ。そのあとあの夜、あんなこと

になってしもたさかいに、結局、その正体は誰にもわからずじまいになってしもた……。

あれほどの弾き手やというのに、あの後、一切世に出てくることもなかった。

あの三味線は、いったいどこの誰やったのか……。

三

伊勢太夫は見台から手を離した。

長谷は探るように言った。

「……師匠がそこまで言わはるからには、その三味線は、やっぱり玄人《くろうと》やったんですやろか？」

「ああ。あれは明らかに舞台慣れした太棹《ふとざお》やった。……ところどころ独特な癖もあったけど、いくら稽古をしてたとしても、素人はんには絶対に無理な境地やったな」

「けど、島に余分な文楽の三味線はおらへんかった……。大阪の文楽も、万博の仕事で全員東京に出払ってた……」

独り言のように呟き、長谷は弦二郎に顔を向けた。

「弦さん、この謎、解けるか？」

「え？　いや……これだけの話では、ちょっと」

「そやな。まだまだ情報が必要やな」

長谷は老師に向き直る。

「師匠、何か手掛かりはなかったんですか?」

「手掛かり? そやなぁ……。床の近くに座ってはったお客さんが見た三味線の怪態《けったい》な姿が、一時《いっとき》仲間内で話題になっとったな」

「怪態な姿? どんな姿やったんです?」

「肩衣に袴、新人の銀行員みたいにポマードできっちりと七三分け――ここまでは、マァ普通の三味線と変らへん。けど……」

組んでいた腕を解き、太夫は自分の目元を指さした。

「大きな黒眼鏡を掛けて、三味線を弾いてたそうや」

黒眼鏡?――弦二郎は黙って長谷と視線を交わした。

文楽には舞台では眼鏡を掛けないという不文律がある。まして黒眼鏡を掛けた文楽の芸人など、弦二郎は見たことも聞いたこともない。

「昔は、眼鏡を掛けてても良かったんですか?」

長谷の問いに、太夫は黙って首を振る。

「そしたら、その三味線は目が悪い人やったんですやろか?」

「床への出入りの様子では、目が見えへん感じではなかったそうや。……どうやら、顔を隠すことが目的やったみたいやな」

「師匠には、誰か、心当たりの人間はおれへんかったんですか？」

「心当たり……なぁ」

畳に視線を落とし、老師はポツリと言った。

「あおは……だゆう」

「あおはだゆう？」

息の合った二人の声に、老師は驚くように顔を上げる。

二人の顔を見比べ、伊勢太夫は静かに語った。

「段平はんはあの事件の五、六年前に会社を出て、フリーランスの芸人として三味線を弾いとった。つまり、会社側の『鼎会《かなえ》』やのうて、会社を出た人ら、『三輪会《さんわ》』に籍を置いて、文楽以外の仕事もしながら生活をしてはった――」

終戦後、労働組合結成に失敗して会社を去らざるを得なくなった人々の会派を『三輪会』と言い、組合運動に反して会社に残った人々の会派を『鼎会』と呼ぶ。およそ二十年に及ぶ『二派分裂時代』――それは文楽の苦い歴史である。

太夫は続けた。

「――『鼎会』は松竹の劇場、『三輪会』は自主公演や巡業を中心に、それぞれ別々の活動を続けてた。けど年に一度、葦船島の奉納公演だけは『二派合同』を銘打って両派が人を出し合うてたんや。……『三輪会』の段平はんはもちろん文楽も演っとったけど、その頃『あおはだゆう』という名前の素浄瑠璃《すじょうるり》の太夫と組んで、旅回りの仕事もしてはったという。あの日、どうやらそ

の太夫も島に来てた節がある。ただ――」

一拍置いて、太夫は続けた。

「あれだけの腕があるんやったら、太夫やのうて三味線をやるべき人間や。あれはあおはだゆう本人やったのか、あるいは、その仲間内の三味線やったのか……」

遠くを眺め、太夫は黙った。

「……師匠、その『あおはだゆう』という人は、段平さんと古宇津保太夫の事件に、何か関係あるんですやろか？」

身を乗り出す弟子の目を、太夫はじっと見つめ続けた。

しばらくして、伊勢太夫は長い沈黙を破った。

「古宇津保太夫は段平はんの三味線に心底惚れ込んどった。自分が仕切る『鼎会』に戻って来てまた相三味線を勤めてくれ――と、ずっと段平はんを口説き続けとった。あの頃、古宇津保太夫の段平はんへの執着は、もう、病的なほどエスカレートして……」

一拍置いて、太夫は続ける。

「『段平はんの今の相方は段平はんの嫁はんと不義をしとる。そんな連中とは縁を切って自分のところへ戻って来い』と、あの日の開幕前も、それはえらい剣幕で騒ぎ立てとったんや」

太夫の言葉に、弦二郎はハッとした。

「――師匠、段平さんの奥さんの実家は、もしかしたら、葦船島やったんとちゃいますか？」

「ん？　はっきりとは覚えてへんけど、そんな話を聞いたこともあるような……。なんせ、あの

人は『金にならへん文楽から段平はんを遠ざけた悪妻』やと悪い噂がしきりで、文楽の人間とはほとんど付き合いがあれへんかったからなぁ……」

弦二郎は咄嗟に相方に顔を向けた。

「え？」

一瞬戸惑いを見せたあと、長谷は「ああ！」と大声を上げた。

「ああ！」くり返し声を上げ、長谷は師匠と弦二郎の顔を何度も見比べた。

「師匠、ちょっと待ってて下さい！」

言いながら弾かれたように立ち上がり、長谷は隣の間の文机の上からノートを取って戻る。

「師匠！　これ！」直訴する一揆のように、長谷は低い位置からノートを差し出す。

「ん？　なんや？」

「とりあえずこれ、ちょっと読んでもらえませんか？」

ノートに続いて壁際、鏡台の上に置かれた老眼鏡を長谷は師に差し出した。

弟子の機敏な動きに圧《お》され、太夫はノートを受け取り眼鏡を掛ける。

「……」

ノートを開く太夫の姿を、弦二郎は長谷と並んでじっと見つめた。

ページをめくる微かな音が、しばらく楽屋に響き続けた。

音が止んだ。

開いたままのノートを、伊勢太夫は黙って見つめ続けている。

「あの、師匠？」

答えを待ちきれなくなった様子で、長谷は老師に言葉を掛けた。

「……」

伊勢太夫は黙ったままノートから顔を上げた。

弦二郎は驚いた。

比喩でなく、老師の顔は真っ青になっていた――。


無表情のままノートを閉じ、太夫は見台の上にノートを置いた。

弦二郎は再び驚いた。

長谷太夫の驚きも隣から伝わる。

見台は太夫の大事な商売道具――文楽の床本以外を載せることなど通常はあり得ない。

ましてや、太夫方の第一人者、冨竹伊勢太夫ともあろう人が……。


伊勢太夫は茫然と立ちあがった。

「師匠？」

長谷と弦二郎は正面の老師を見上げる。

「……私《あて》は、ぼちぼち帰るとするわ」

二人に視線を向けることなく、伊勢太夫は呆けた様子で楽屋暖簾に向かって歩き出した。

「師匠、荷物は？　洋服には着替えへんのですか？」

長谷太夫は上身《うわみ》をねじり、師の背中に声を掛けた。

「手ぶらでかまへん。……きもので帰る」

抑揚のない声で応え、伊勢太夫は暖簾を割って姿を消した。

二段目

生き人形の段

一

大阪公演千穐楽の日、弦二郎は『合邦庵室』最後の出番のため文楽廻しの裏手へと向かった。

薄暗い舞台裏、弦二郎に駆け寄ってきたのは先に控えていた長谷太夫だった。

その瞳は妙に爛々と輝いている。

「弦さん、弦さん、分かったで。……あのノート書いた犯人」

弦二郎の正面に立ち、長谷太夫は早口で言った。

「え?」弦二郎は驚いた。

その表情を楽しむように、長谷太夫は弦二郎に鼻先を近づける。

「……人形の真悟が、あれを書いた犯人や」

「え?」

弦二郎は間抜けな返事を繰り返してしまった。

楠竹《くすたけ》真悟――本名・犬童《いんどう》真悟。彼は文楽人形方の重鎮、楠竹巳之作門下の左遣いである。

文楽の人形は男手三人で操る。

紋付姿で一人素顔を出し、人形の「首」と「右手」を動かす主遣い。黒衣に黒頭巾姿、腰を屈めて人形の「両足」を動かす足遣い。そして同じく黒子姿、主遣いの左後ろから差し金を使って「左腕」を動かす左遣い――。

小道具担当、足遣いの修業を経て、現在左を遣う真悟のキャリアは八年、年齢は二十六歳。

彼が研修生の時、初めて弦二郎が『指導役』を務めた、思い出深い『生徒』である。

「……そしたらあのノートは、やっぱり島の件とは関係なかったんですね」

「うーん。それなぁ――」残念そうに長谷はうなった。「たしかに年も若い。毒で顔が崩れてるわけでもない。二か月前にお父さんが亡くならはったらしいけど、死因は癌。殺されて首を切られたわけでもない。……まぁ、今回の『合邦』で俊徳丸《しゅんとくまる》の左を勤めてるから、毒を飲まされる息子の気持ちになりきって作り話を書いてみた――というところやったのか……」

徐々に沈んでゆく声にはありありと落胆が感じられた。

妥当と言えば妥当な結末ではある。しかし、気になる点はいくつかある。

「……けど、なんで真悟君が書いたって判ったんです？」

「ん？　あぁ、今日楽屋で顔を合わせた人間にノート見せて聞いて回ったんや」

「筆跡で判ったんですか？」

「せや。人形の若手に聞いたら『この几帳面できっちりした字は真悟の字に間違いない』て」

「真悟君本人には、確認できたんですか？」

「いや、それがなぁ……」顔を寄せ、長谷は声をひそめた。「俺らの耳には届いてなかったんやけど、人形の若手連中に聞いた話では、最近あいつ、めっぽう素行が悪いみたいなんや。——時間ギリギリに出勤するし、さっさと帰る。サングラスを掛けたまま楽屋に入って来る。……今日も、さっき会いに行ってみたらまだ出勤してへんというていたらくや」

サングラス？——昨晩聞いた『黒眼鏡の三味線』の話を思い出し、弦二郎は眉間に皺を寄せた。

「でもあの子、研修生の頃から人一倍真面目で熱心な子でしたよ？」

「まぁ、年頃の若者なんや、色々あるんとちゃうか……。けどまぁ、大事な千穐楽の俊徳丸、ちゃんと遣ってもらわへんかったら一大事やけどな」

黒子姿の人形方と裏方たちがスタンバイする舞台袖をちらりと見遣り、長谷は言った。

俊徳丸——自分たちの出番と入れ替わりに「切場」に登場するその人形の、大事な三分の一がそんな状態というのは、確かに心配なことではある……。

「——長谷さん、弦二郎さん。ぼちぼち、ご準備お願いします」

暗がりに声が響いた。太夫と三味線を載せた小さな回転舞台——盆——を回し、客席側に登場

させる担当者の、それはスタンバイの相図だった。

長谷は頷き、弦二郎の目を見つめた。

「よっしゃ。……ほな、ノートの話はもう終い。今月最後の前場、よろしゅう――」

「はい、よろしゅうお願いします」

二人は文楽廻しの台に上がり、半円状の盆の上、銀屏風の前に二枚並んだ座布団に腰を下ろした。弦二郎は三味線を膝に乗せ、長谷太夫は床本を置いた見台に手を添える。

「ほな――」

息を吸って頭を下げる長谷太夫の相図に合わせ、床世話たちの腕が盆の縁に伸びた。

いつもの呼吸と勢いで、盆は一息に廻される。

憂きことばかりの浮世から、奇想奇妙の芝居の世界へ――

盆の上、弦二郎たちの世界はクルリと廻った。

拍子木の音とともに幕が開き、文楽廻しの盆が廻った。

「……トォーザイ。このところ相勤めまするは、摂州合邦辻『合邦庵室の段』の「前《まえ》」。相勤めまする太夫、冨竹長谷太夫。三味線、冨澤弦二郎。トーザイ、トー、トォーザーィ……」


柝《き》を打ち終えた黒子が舞台袖に去ってゆく。

太夫と三味線への拍手が客席に響く。

薄暗い客席の中、大勢の客に埋もれ、私も静かに手を叩いた。

久しぶりの文楽だった。

あの日以来、まさに四十四年ぶりの文楽。もう二度と観ることはないと思っていた文楽。

客席が静まり、私も拍手を止める。

大柄の太夫は床本を頭上に掲げ、古い狂言への敬意を表す。

人の良さそうな三味線は音締《ねじめ》に手を掛け、そして、撥を振り下ろす——。

最初の音を聴いた瞬間、私はすっかり忘れていたこの芝居の筋を思い出した。

舞台上手に見える粗末な一屋、合邦の庵室で繰り広げられる奇想天外な物語。

継母、玉手御前に面体《めんてい》崩れる毒を飲まされ、庵室に身を隠す俊徳丸と許嫁の浅香姫《あさかひめ》。

庵の主の合邦道心。恋する俊徳丸の行方を捜し、戸口に辿り着く玉手御前——。

〽 しんたる　夜の道
　恋の道には　暗からねども……

浄瑠璃が始まった。

艶のある良い声だ。三味線も深い音を響かせている。

しかし、真当な人生を歩んできたであろう若い二人の演奏に「情」の深さはまだまだ足りぬ。

文楽、浄瑠璃は特殊な芸だ。

喜びや悲しみ、怒りや絶望……奏者が経験した感情の振り幅が芸の深み、いわゆる「情」として、音に、場面に滲み出る。

葵巴太夫《あおはだゆう》という名で舞台に出ていた昔、身をもって私はそれを学んだのだ。

もし、私があの後もこの芸を続けていたとしたら……。

客席の薄闇、善良な市民の中に紛れ込んだ罪人《つみびと》の自分は、今、一体どんな音を響かせていたことだろう——？

〽気は烏羽玉《うばたま》の　玉手御前
俊徳丸のおん行方　尋ねかねつつ
人目をも　忍びかねたる頬かむり……

庵の外の夜道、静々と女の人形が現れる。
黒留袖に黒頭巾、白い目元だけをのぞかせる若き継母、玉手御前。
その姿を見た瞬間、私の脳裏に古い記憶がありありと甦った。
四十四年前の葦船島、小屋の物陰で隠れて聴いたこの芝居。
愁いを帯びた段平の三味線。鬼気迫る古宇津保太夫の語り。
ずっしりとした日本刀の重み。そして、ヌルリとして生温かい、溢れ出る血の手触り。

〽母《かか》さん　母《かか》さん　ここ開けて……

閉ざされた庵室の戸口に佇み、玉手御前は寂しげな声で老母を呼んだ――。

前場最後の一節《ふし》を余韻たっぷり語り、長谷太夫は床本を恭《うやうや》しく押し戴いた。

弦二郎は最後の撥を振り下ろした。

満場の拍手の中、二人の乗った盆はクルリと回り、長谷と弦二郎は再び舞台裏へと戻った。

銀屏風の背後では一層大きな拍手が起こっている。盆の反対側、弦二郎たちに替わって後半「切場」を勤める伊勢太夫と段史郎、二人の名人への盛大な拍手――その音を耳にして、弦二郎たちの緊張はようやく緩んだのだった。

「おつかれさんでした――」

互いに挨拶を交わし、長谷太夫と弦二郎は床を降りた。

袖に控えていた弟弟子に三味線を預け、弦二郎はホッと一息をつく。

悪い出来ではなかった。否、むしろ普段以上に良い出来だったと思う――今日の演奏を反芻《はんすう》し、弦二郎は長谷太夫に顔を向けた。

長谷も弦二郎の瞳を見つめ、満足そうに「うむ」と頷く。

太夫と三味線は夫婦と同じ――とよく言われる。しかし、無言で心を通じ合えるという点では、あるいは夫婦以上の関係かもしれない。特に一場をともに語り終えたあと、研ぎ澄まされた感覚下、この一体感は他では決して得られないものだ。

満ち足りた心地で、弦二郎は大きな深呼吸をした。

しかし次の瞬間、舞台袖のざわめきに弦二郎の愉悦は掻き消されてしまった。

顔を向けると、舞台袖では裏方のスタッフたちと黒衣の人形遣いが一人、押し殺した声で何やら言い合い、揉み合っていた。

黒子姿ゆえ誰なのかは判らない。しかし持ち場からして、間もなく上手側から登場する二体の人形——俊徳丸と浅香姫——の左遣いか足遣い、あるいは小道具担当、そのいずれかであることに間違いはなかった。

切場が始まれば、俊徳丸と浅香姫は早々に登場する。

今更打ち合わせをしたり、揉めたりしている時間はないはずだが……。

「なんや怪態《けったい》な雰囲気ですね。どないしたんでしょ？」

長谷に声を掛け、弦二郎は何気なく舞台袖へと進んだ。

「あっ！」

次の瞬間、弦二郎は思わず小声で叫んでしまった。

制止するスタッフたちを突き飛ばし、一人の黒子が舞台奥、楽屋廊下の方へと走り去ってしまったのだ——。

「あかん、もう間に合わへん！　早《はよ》う！」

声を殺した裏方の叫びに促され、その場の人々は駆け足で持ち場に戻る。

袖から心配そうに舞台を覗くスタッフの背後に近づき、弦二郎はそっと声を掛けた。

「……どないしたんや？　後藤《ごとう》くん」

「あ……。弦二郎さん」

大道具担当の副主任、後藤は振り返った。

あまりにも深刻なその表情に、弦二郎は驚く。

「何かトラブルかいな？　人形遣いが走って行ったみたいやけど……。介錯《かいしゃく》役が小道具忘れて、慌てて取りにでも行ったんかな？」

「いいえ……。真悟が『やっぱり今日は出られへん』って、持ち場を放棄してしもたんです」

「えっ！」弦二郎は仰天した。「……俊徳丸の左が抜けてしもたら、切場は終《しま》いやないか」

弦二郎をなだめるよう、後藤は低い調子で言った。

「いや、今のところ何とかそれは……。おかしな話なんですけど、真悟は同期の和孝《かずたか》に段取りを引き継いで、こっそり袖にスタンバイしてもらってたみたいなんです。……せやから、今、俊徳丸の左を持ってるのは和孝なんです」

弦二郎はより一層驚いた。人形遣いが自分の意志で代役を頼み、出番直前に交代するなど、普通は絶対にありえないことだ。

何か尋常ならざる事態が、真悟の身に起こったのだろうか――？

研修担当最初の『生徒』だった真悟への、心配と責任感が弦二郎の胸に湧き上がる。

舞台を見守る後藤に、弦二郎は言った。

「真悟の様子、僕が見てこよか？」

「はい……お願いします」

ちらりと弦二郎を見て言い、後藤はすぐ舞台に視線を戻した。

*

〽さればいなァ　去年霜月、住吉で神酒《みき》と偽り　コレ
この鮑《あわび》で勧めた酒《ささ》は秘方の毒酒《どくしゅ》──

公演中は人の姿がほとんど見えない楽屋の廊下。

スピーカーからは伊勢太夫が語る玉手御前のクドキが流れている。

〽中に隔《へだ》てを仕掛けの銚子　私が呑んだは常の酒《ささ》
お前の顔を醜うして　浅香姫に愛想尽かさせ……

子に毒を飲ませたのも己の邪恋を叶えるため──継母《けいぼ》の異常な告白が、節電中の薄暗い廊下でいつになく不気味に響く。

きょろきょろと真悟の姿を探しつつ、弦二郎はひとまず人形の楽屋を目指して廊下を進んだ。

電気が消えた予備階段を通り過ぎようとした弦二郎は、妙な気配を感じて歩みを止めた。

階段を下りた踊り場の隅が、妙に濃い影になって見えたのだ。

目を凝らした弦二郎はハッとして息を呑んだ。

黒い影に見えたもの——それは壁に向かってうずくまる黒子の姿だった。『そこにはいない』という舞台上のお約束の色は、舞台裏でも律儀に役目を果たしていたのだ。

「真悟君……かい？　君、一体どないしたんや」

言いながら、弦二郎は恐る恐る階段に足を踏み下ろした。

「……」

無言でゆっくり振り返った黒子の姿に、弦二郎はギクリとして立ち止まる。

舞台裏では通常めくる黒布を、黒子は顔の前に垂らしたままにしていた。

弦二郎の胸に何とも言えぬ不安が拡がる。

この黒子は、本当に真悟なのだろうか——？

「……弦二郎さん」

踊り場から数段上で立ち止まった弦二郎を見上げ、黒子は小さく呟いた。

その声は真悟のものに違いなかった。

ひとまずほっとして、弦二郎は踊り場に降りた。

「真悟君、君らしゅうもない。……とにかく、人形の楽屋に戻って、師匠の戻りを待とうやないか。なんなら、僕が一緒に……」

唐突に立ち上がり、真悟は激しく首を振った。

「いや、戻られしまへん。僕はもう、文楽には戻られへんのです。僕は……」

背後の壁にもたれ、真悟は己に言い聞かせるように言った。

「僕は……行かへんとあかんのです。母の所に……」

母の所？——弦二郎が首を傾げたその瞬間、黒布の中から不気味なうめき声が響いた。

「ウウッ！」黒布を両掌《て》で押さえ、真悟は苦しげなうめき声を漏らし続ける。

「真悟君！　どないしたんや！」

弦二郎が摑んだ真悟の腕は、あっさりと黒布から剝がれた。

弦二郎は目の前の黒布をめくり上げた。

「——！」

弦二郎は息を吞んだ。

黒布の下、真悟の左半面は赤黒く色が変わり、まるで芝居の俊徳丸やお岩のように痛々しく腫れ上がっていたのだ。こんな風になった人間の顔を、弦二郎は今まで一度も見たことがなかった——。

弦二郎と真悟は一切の動きを失い、そして、薄暗い舞台裏に玉手御前狂乱のクドキが響く。

〽　恋路の闇に迷うた我が身
　道も、法も、聞く耳持たぬ

「……その顔、どないしたんや……真悟君……」

無事な右目をギョロリと見開き、真悟は立ち尽くす弦二郎を突き飛ばした。

「あっ——！」

よろめく弦二郎の脇をすりぬけ、真悟は階段に向かって駆け出した。

壁にもたれて転倒を避け、弦二郎は階段を駆け下りてゆく真悟の背中を目で追った。

階下の闇に吸い込まれるように、黒子の姿は遠のいてゆく。

追いかけねば——弦二郎は思った。しかし体は動かなかった。

舞台から聞こえる玉手御前の叫び——伊勢太夫の鬼気迫る語りに、弦二郎の心は射竦められてしまったのだ。

〽モウこの上は俊徳様——
何処《いずこ》へなりとも連れ退《の》いて
恋の一念通さでおこうか
邪魔しやったら……

悪女の恫喝が闇に響いた。

〽蹴殺《けころ》す——と。

二

思っていた以上に、世の中には変わった人間が大勢いる——。

編集の仕事を始めてから、日々、三郷《みさと》ユミはそんな実感を強めていた。

四年前に卒業した文学部のキャンパスにも「変人」と呼ばれる類の人間は大勢いた。しかし、今の仕事で関わるアーティスト、マニアたちに比べれば、彼らは中二病に毛が生えた程度の「かわいい一般人」に過ぎなかった——そう、今となってはつくづく思う。

三郷ユミは幻想系・耽美系アート雑誌『ノクターン』の新人編集部員である。

不定期刊『ノクターン』が毎号定める特集のテーマは、ゴス、異性装、ＳＭ、人体改造……特異なものばかりだ。

それら未知なる世界に、はじめのうちはユミも新鮮な興味を感じなくもなかった。

しかし最近、その道の人たちの常軌を逸した感覚に、ユミはうんざりし始めている。

今までユミが取材に同行したのは、たとえば、死なない程度の「切腹プレイ」を繰り返す切腹マニアのおじさん。何本もの釣り針を背中に通し、ＳＭショーで天井から吊り下げられて喜ぶ学生。食べられたいという欲求に目覚め、削った自分の肉を料理に混ぜて恋人に食べさせているという料理人……恍惚として、彼らはまるで普通のことのように異常な話を語っていた。

盤石な大地のように思っていた自分の「普通」という感覚が、実は川の中洲のように狭くて脆い世界だったことを、今や、ユミははっきりと思い知らされていた——。

そんなユミは今、大勢のビスクドールたちの昏《くら》い視線に囲まれている。

横浜元町にある博物館『横浜人形の家』。客の姿もまばらな平日の館内である。

横浜山手に住む人形作家、二世梅本久太夫《うめもときゅうだゆう》の取材に向かうため、ユミはここでインタビュアーの到着を待っているのだ。

海神惣右介《わだつみそうすけ》という大袈裟で古風な名前のそのライター、編集長の話では、出身は京都西陣の帯の織元のお坊ちゃんで、藝大芸術学科に進学しての上京以来、伯母夫婦が経営する西荻窪の呉服店に居候し続けているのだという。

劇評家でもあるその彼から、梅本久太夫ただ一人が今に伝える人形工芸「生き人形」——幻の人形芸能についてあらかじめ教えてもらうため、その資料が収蔵されているこの場所で待ち合わせることになったのだ。

せっかく横浜に来るのなら、大好きな小説シリーズに登場する喫茶店、馬車道《ばしゃみち》の十番館の待ち合わせにできれば良かったのだが……。

目を閉じて十番館の紅茶の香りを思い出したその時、ユミの背後で柔らかな声が響いた。

「あの……。三郷さん、ですか？」

「あ、はい……」

ユミは振り返った。

目の前に立つ青年は自分と同年代、いや、へたをすると年下に見える。

編集長の話では、その人の年齢は自分よりも一まわり近く上のはず――。

つるりとした白い肌と艶のある黒髪が、そう見える理由だろうか？

ラペルの太い細身のジャケットに金色のネクタイ、胸ポケットには……白いバラ？

いや、複雑に折りたたまれたポケットチーフが刺さっている。

女性っぽい――というわけでもなく、中性的――というのとも少し違う。

その浮世離れした雰囲気は、まるで……。

生き人形――。

ユミの脳裏にふと浮かんだのは、今日のテーマのその言葉だった。


「三郷ユミさん……ですよね？」

「あ、はい……そうです。海神……さん、ですか？」

「はい。お待たせしてしまってすいません。海神惣右介と申します」

にこりと笑って、青年は頭を下げた。

慌ててユミも追従する。

「はじめまして……五蘊《ごうん》書房ノクターン編集部の三郷ユミと申します。今日は色々とお世話になります、どうぞよろしくお願いいたします」

「こちらこそ、どうぞご贔屓《ひいき》に」

ごひいき？　変な挨拶……。

頭を下げたまま、ユミはちらりと相手を見遣った。青年は上機嫌に微笑んでいる。

「三郷さんは取材に立ち会われることも多いんですか？」

名刺を交換しながら、青年はにこやかに言った。

「え？　私ですか？　いや……うちの取材はライターさんとカメラマンさんの二人にお任せすることが多いんですけど、今回の取材先は撮影ＮＧなので……」

少し考え、ユミは続けた。

「うちの取材対象は、その……ちょっと、ユニークな方が多いので、一対一の取材はなるべく避けるようにするというのが、編集部の方針なんです」

「なるほど」

事情を心得た風に青年は微笑んだ。

「本当は、四之宮《しのみや》編集長が同行させて頂く予定だったんですけど、どうしても都合がつかなくなっちゃって、それで、今日は私が。……どうも、すみません」

「滅相もない。今日の取材の方向性、その他諸々は冴子《さえこ》さんから頂いたメールで大方理解できていると思います。まぁ……ご安心頂ければと思います」

冴子さん――編集長の名前だ。

「あの……」

「はい」

「編集長とは、どういった？」

「どういった、とは？」

「いや、その……ご専門が芸術系とはいえ、うちの誌が扱うジャンルとは、ちょっと、接点が近いような……近くないような……」

「ああ——」青年は明るく応える。「冴子さんは僕の居候先の呉服屋のお得意様なんですよ。……おしゃべり好きの伯母の紹介で、僕のことも、僕の友人に文楽の三味線がいることも以前からご存知で、それでご依頼下さったという次第なんです」

「なるほど……」

ユミは理解した。

今回の取材先、梅本久太夫は世間に一切姿を現さず、連絡手段もウェブサイト経由のメールのみ——『ミステリアスな人形作家』という孤高のスタイルを固持している。駄目で元々、せめてメールでコメント原稿でも貰えれば——と編集部は久太夫に取材を申し込んだのだが、先方はある条件付きで取材を受諾してくれたのだった。『文楽に造詣が深く、その世界にも明るいインタビュアーを立ててくれるなら』それがその条件だったのだ。

青年は上階展示室への階段に目を向けた。

「……文楽に友人がいるくらいで、はたして久太夫さんのご希望に沿えるのか分かりませんが、まずは山手に向かう前、ここでの目的を果たしましょうか——」

〽 縁の苧環《おだまき》　いとしさの　あまりて三輪も悋気《りんき》の針
男の裾に付くるとも
知らずしるしの糸筋を　慕い　慕うて──

＊

大勢の三味線と義太夫の声が賑やかに響いている。

階段を上がってすぐの展示室、正面のガラスケースの中。文楽人形の足元に置かれたディスプレイ前まで直進し、惣右介はじっとその画面を見つめた。

あとを追い、ユミも画面をのぞき込む。

朱と水色の斜めストライプのきものを着た町娘風の人形が、先端に糸巻きがついた棒を手にして踊っている。

棒の先の糸巻きはクルクル回る。まるで、糸がどんどん解けていくように──。

「すごい……。本当に生きてるみたいですね」

ビデオとはいえ、動く文楽人形を初めて見たユミは思わず声を漏らしてしまった。

「これは『妹背山婦女庭訓《いもせやまおんなていきん》』の中の景事《けいごと》……つまり舞踏劇、『道行恋苧環《みちゆきこいのおだまき》』の段ですね」

「みちゆき、こいのおだまきの、だん──？」

どんな意味なのか、どんな字を書くのかもさっぱり解らず、ユミは棒読みに繰り返した。

画面に見入ったまま、惣右介は説明する。

「『道行』は駆け落ちだとか旅だとか、主に男女二人の道中を表現する踊りのこと。苧環というのはこの人形、お三輪《みわ》が手に持っている棒付きの糸車のことですね。……恋人のあとを追うために、お三輪は男の裾に糸の端を結び付けたんです」

画面の中、人形はつまずいた拍子に「苧環」を落とす。

コロコロと転がる苧環を追いかけ、人形は振袖の袂でそれを捕まえようとする。

その動きは、とてもリアルだ——。

「三郷さんは、文楽や歌舞伎をご覧にはなられますか？」

「お能はたまに見るんですけど、恥ずかしながら、そっちの方面はまだ一度も……」

「お能、ですか？」

意外そうに繰り返す惣右介に、ユミは事情を説明した。

「祖母が、その道を嗜《たしな》んでおりまして……」

「ほう、それは素晴らしい。しかし、よろしければ是非、文楽にも一度足を運んでみて下さい。文楽の人形は舞台の上、三味線と義太夫に語られてこそ生きる人形です。……その人形は、劇場でのみ生きられる『生き人形』だと言えるかもしれません」

静かに語る惣右介の言葉を聞きながら、ユミは展示ケースの人形を見上げた。人形遣いの支えなくだらりと腕を落として立つ人形は、たしかに、まるで魂が抜けた死体のようだ。

ユミは惣右介に尋ねた。

「久太夫さんと文楽には、一体どんな関係があるんでしょうか？」

「写真で作品を拝見する限り、胡粉《ごふん》で仕上げた白い肌以外、とりわけ文楽人形の造形と共通する点は見られません。お話を聞くまで詳しいことは判りませんが、あるいは個人的な理由で、文楽にご関心があるのかもしれませんね。さて……」

惣右介は体の向きを変えた。

「では続いて、久太夫さんと直接関係がある人形をご紹介しましょう」

惣右介とユミは展示室の奥に進み、異様な存在感を放つガラスケースの前に並んで立った。


ケースの中には日本髪を結った着物姿の女が一人座っていた。

正面に置いた鏡に向かい、女は右手に持ったかんざしを後ろ髪に挿そうとしている。

腕を上げているせいで、二の腕から先、なまめかしい女の肌が露《あらわ》になっている。

女の黒いきものは薄く、腕だけではなく体の曲線すべてが透けて見えている。

体はやや小さいが、そのディテールは、まるで生身の人間のような……。

これが——。


「……明治期の人形作家、人間国宝、二世平田郷陽《ひらたごうよう》の代表作『粧《よそお》ひ』です」

しみじみと人形を眺め、惣右介は言った。

「いつ見ても素晴らしい……。かんざしを挿す、まさにその瞬間を写生することによって、この

動かぬ人形はまるで永遠の生命を生き続けているかのようです。……太夫に語られ、人形遣いに動かされることによって命を宿す文楽人形とは真逆の方法で、この人形は、人形としての独自の時間、独自の命を生きている――」

「……これが、『生き人形』なんですね」

感慨深く呟いたユミの言葉を、惣右介はあっさりと否定した。

「いいえ。美術史的に言えば、これは『生き人形』ではありませんね」

「え？」

面食らうユミに顔を向け、惣右介はリズミカルに語る。

「幕末から明治期にかけて、『生き人形』は見世物として大流行しました。しかし、当時の職人の驚異的な超絶技巧にもかかわらず、見世物であるがゆえ低俗なものとみなされ、このジャンルは長らく芸術的な価値を認められていませんでした。……師、初代郷陽から学んだその工芸の地位向上のため、帝展や日展への出展と入選を繰り返し、『芸術としての人形』の地位を確立したのが、この二世郷陽なんです」

「つまり、それは……」

どういうことなのか、ユミにはいまいちよく解らない。

惣右介は柔らかに頷く。

「つまり、この『粧ひ』は造形的には『生き人形』の流れを汲んでいるけれど、美術史的な、いわゆる『生き人形』のカテゴリーには入らない――ということですね」

「じゃあその、いわゆる『生き人形』っていうのは、一体どんなものなんですか？」

質問に満足するように惣右介は微笑んだ。

「生き人形が世に出始めた幕末の文化文政期は、歌舞伎の世界でも四世鶴屋南北《つるやなんぼく》や河竹黙阿弥《かわたけもくあみ》、陰惨で血みどろな残酷美『生世話物《きぜわ》』が大流行した時代でした。生き人形の見世物も、最初の頃は殺人事件の現場、変死体を人形で再現するエログロ寄りの見世物だったそうです。つまり、化政期の頽廃趣味と職人の緻密な技術が出会った事によって、『生き人形』という異色の工芸は誕生した——と、そう考えて良いでしょう」

残酷美、エログロ、頽廃趣味……まさにノクターン編集部が得意とする分野だ。

惣右介は続ける。

「しかし、熊本出身の天才的な人形師、松本喜三郎《まつもときさぶろう》の登場によって、その興行スタイルは大きく変化します。薄暗い闇の中、「怖いもの見たさ」に頼るエログロのマイナーな見世物から、広く一般客を呼べるメジャーな見世物としての市民権を得るため、さて、彼はどんな工夫をしたと思います？」

「え？　さぁ……？」

突然の質問にユミはたじろぐ。

ユミの回答を待つわけでもなく、惣右介は機嫌良く続けた。

「芝居や講談の物語の場面を人形で再現して、口上付きで案内、客自身に歩いて見て回らせたんです。……動かない人形を面白く見せる、これはなかなかユニークな発想ですね」

「へぇー。乗り物で人形の冒険シーンを見て回るアトラクションの原型……みたいな感じですかね？」

「なるほど。確かにそうですね」

惣右介は楽しげに頷いた。

「で、その『生き人形』で、どんなお話を見せてたんですか？」

『忠臣蔵』『加藤清正』『西南戦争』などといった物語が人気だったようです。しかし、何といっても一番の大ヒットは観音菩薩の霊験を説いた『西国三十三所観音霊験記』――これは人形師・松本喜三郎の出世作で、浅草の見世物小屋で四年間もロングランしたといいます」

「四年も？　すごいですね……」

「ええ、すごいですね。……この出し物はその名の通り、西国三十三所の観音さまの霊験を説いた物語なんですが、巡礼姿の女人として最後に現れる観音様の生き人形があまりにもリアルで美しく、興行終了直後には浅草の伝法院に、そして現在は喜三郎の菩提寺、熊本の浄国寺に仏像として祀られているんです。――この仏さま、『谷汲《たにくみ》観音』は今でも拝観することが出来ます」

「人形が仏像に？　……すごいですね」

「ええ、幕末・明治の職人の技術の高さには驚きを禁じえませんね。今からお会いする梅本久太夫さんの先代、初世久太夫は松本喜三郎最晩年の弟子にあたり、師に匹敵する天才的な技量の持ち主だったと言われています」

「言われています？」

惣右介の言い回しに引っ掛かり、ユミは言葉尻を繰り返した。

惣右介は残念そうに眉をひそめた。

「旅興行の過酷な使用で汚れ、破損し、そして最終的には処分される――生き人形はそんな運命《さだめ》の人形でした。先代久太夫の作品はもちろん、当時の生き人形は、残念ながらほとんど現存していないんです」

「えー！　もったいない……」

「ええ、本当に……。工芸や技術、芸能は一度失われてしまったら、それまでの豊穣や蓄積はゼロに戻ってしまいます。そして、それを再び甦らせることは途方もなく難しい……。いや、不可能と言ってもいい」

沈黙し、惣右介は遠くを見つめた。

最前までの柔らかさが消えた怜悧な表情に、ユミは思わずドキリとする。

しばらくして、惣右介は「ふっ」と小さな溜息をついた。再びユミに向けた眼差しには、また元の明るさが戻っていた。

「しかし、当代の久太夫さんが先代の技術を継いでくれていたことは幸いでした。――今や孤高の人形作家として脚光を浴びていらっしゃいますが、ここに至るまでさぞご苦労も多かったことでしょう。久太夫さんが『人形』というものをどのようにお考えになっているのか、今日はしっかりと聞かせて頂きましょう」

*

『人形の家』を出たユミたちは山下町と元町の境界、緑に澱む運河を渡り、山手のエリアへと進んだ。

フランス山公園横の急な坂道を上って到着したその洋館は、引き込み路地の奥、表通りのマンションの陰に隠れるように佇んでいた。

「人形の家」ならぬ「孤高の人形作家の館」然としたその古い洋館の雰囲気に、ユミは厭な予感を覚える。

いつもの取材以上に、おかしな人が出てくるんじゃないだろうか……。

思わず足を止めたユミにかまわず、惣右介は玄関ポーチへと進んで行く。

ポーチ脇のガレージに停められたキャンピングカーの車内を、わずかに背伸びして惣右介は覗き込んだ。

「随分本格的なキャンピングカーですね。等身大人形の運搬用かな?」

隣に立ち、ユミも車内を覗く。作りつけの棚やソファー、キッチンらしきスペースが、レースのカーテン越しにうっすらと見える。ここだけで充分生活が出来そうだ。

「じゃあ、ベルを鳴らしますね」

「あ、はい――」

惣右介の言葉でユミはドアに向き直った。

惣右介がドア脇のボタンを押し、しばらく静かな沈黙が続く。

重厚な木製のドアは、中の気配を少しも外に漏らさない。

ガチャリ――重々しい音とともにゆっくりドアが開き、そして、中から軽やかな声が響いた。

「……やあ、いらっしゃい。時間ピッタリですね。お待ちしてましたよ」

ドアの向こう、背の高い紳士が明るい笑顔を浮かべた。

年齢は五十代後半といったところだろうか。マオカラーのジャケットを羽織る立ち姿には、芸術家独特の風格が漂っているかのようだ。

だがしかし、予想していた頽廃、耽美、マニアック……という「陰」の気配はあまり感じられない。

「あ、はじめまして、わたくし……」

拍子抜けしたような、安心したような気分で、ユミは人形作家に挨拶をした。

「滅多にお客は来ないものですからね、クッションが埃っぽくてもご容赦を。珈琲がよろしいかな？　それとも紅茶かな？」

薄暗い応接室、勧められた長ソファーに二人は腰を下ろした。

「恐れ入ります。それでお言葉に甘えて、紅茶を頂戴出来ますか？」

「お嬢さんは？」

「あ、すいません。じゃあ、私も紅茶をお願いします……」

「了解。では、少々お待ちを」

ニコリと微笑み、久太夫は部屋を出て行った。

二人だけになった部屋でユミは惣右介に囁《ささや》いた。

「なんだか、随分気さくな方ですね」

「想像とは違いますか?」

「ええ、もっと気難しい雰囲気の方かと思ってました。……けど、この空間は、想像以上の雰囲気です」

ユミは薄暗い室内を見渡した。

二十畳ほどの広い洋室。緋色のカーテンが横浜の陽光を完全にシャットアウトしている。

壁を覆う棚には様々なサイズの久太夫作の人形が並べられている。

部屋の隅三カ所に点在するスタンドランプの足元にはそれぞれ一脚ずつ椅子が置かれ、久太夫の名を一躍有名にした連作「等身大人形」が三体、まるで自分の意志でそうしているかのように各々腰掛けている。

ユミの左後ろの角、部屋の入口脇。薄笑いを浮かべて座る、白いスーツ姿の男。

ユミの左斜め前の角、姿勢正しく背筋を伸ばし、椅子に浅く腰を掛ける着物姿の女性。

そしてユミの右斜め前の角、俯き加減に座る不気味な能面を付けた能楽師。

面をつけた人形——というのもまた随分奇妙な作品だが、首元の肌、肘掛けに置かれた手の表面のテカリで、それが人間ではなく人形であることが判る。

苔色の着物と羽織、鬱蒼と伸びた黒髪、眉間に皺を寄せて苦しそうに目を閉じる若い男。能になじみがあるユミには、それが能『弱法師《よろぼし》』のシテ、俊徳丸の姿だと判る。

そして、それは「人形作家・梅本久太夫」の近影代わりに使用されている人形でもある――。

ユミの隣で惣右介は呟いた。

「まるで等身大人形のドールハウスに迷い込んだかのようですね。何とも言えない迫力です」

……ドールハウス。たしかに。

その言葉にユミは納得した。

*

「お待たせしました――」

三組のティーカップをテーブルの上に配し、久太夫は正面のソファーに腰を下ろした。

背筋を伸ばし、ユミは頭を下げた。

「あらためまして、この度は取材をお受けいただき誠にありがとうございます。先ほどもご紹介しましたように、こちらは海神惣右介さん。先生ご指定の通り、人形だけでなく文楽への造詣も深い、我が編集部が絶大な信頼を寄せるライターさんです」

「はじめまして、海神と申します。……大袈裟なご紹介、いたみいりますね」

にこやかに挨拶し、惣右介は名刺を差し出した。

受け取った名刺をしばらく見つめ、久太夫はティーカップの横に置く。

「ようこそ、梅本久太夫のアトリエへ。――人形たちともども、あなた方を歓迎いたしますよ」

部屋中の人形たちを紹介するように、久太夫は両腕を左右に広げた。

人形作家の大仰なスタイルに負けないほど、惣右介はにこやかに微笑みを返す。

「ありがとうございます。久太夫さん……とお呼びしてもよろしいですか？」

「ハハハ」作家は愉快そうに笑った。「私が久太夫なのか、人形が久太夫なのか……もはや、私にも解りませんな」

「なるほど。では――」惣右介は興味深そうに部屋全体を見渡す。

「……ここではあなたが人形たちの代表であり代弁者であると、そのように考えればよろしいでしょうか？」

「ええ、そう考えて頂いて結構です。私は人形たちの心を口寄せする依代《よりしろ》……それ以上でもそれ以下でもない空虚な存在です」

口角を持ち上げて見せ、久太夫は背もたれに身を預けた。

「早速、お話をお伺いしてもよろしいですか？」

「ええ、どうぞ――」

人形作家は優雅に頷いた。

「まずは『久太夫』作品の人形史的な位置について、ご自身ではどのようにご認識なさっている

のか、お考えをお聞かせ下さい」

「人形史的な位置、ね――」しばし考え、久太夫は口を開いた。

「人形というものの原始にまで遡って考えるなら、人形がもつ『呪《まじな》いの形代《かたしろ》』という特性を無視することは出来ません。例えば、東北の巫女が使う『オシラさま』……もちろんあなたはご存知ですね？」

値踏みするような視線に、惣右介はにこやかに答える。

「ええ。木の棒に顔を削って布を被せた、簡素な手操りの人形ですね。祭祀の日、巫女が二体の『オシラさま』を両手に持って遊ばせて、神寄せをする――」

満足そうに作家は頷く。

「然様《さよう》。……オシラが原始形と考えられる『形代』としての人形の系譜は、中世、箱廻しの人形芝居を見せながら呪符を売り歩いた『傀儡子《くぐつし》』へと受け継がれたと考えられます。――この系譜の根底に共通する最も重要なポイントは人形を動かすことにあると言えるでしょう。つまり、本来魂を持たないはずの人形に、巫女や傀儡子が外部から動きを与え、魂を宿らせるわけです」

「『魂がある・ゆえに・動く』という因果関係を転倒させた『動く・ゆえに・魂がある』という呪《まじな》いを実行する――そんな理解でよろしいでしょうか？」

「然様。それでよろしい。……しかし、儀式や祭祀が往々にしてそうであるように、『人形を動かす』行為から根源的な『呪《まじな》い』の意味は剝落し、近世以降、それは『芸能娯楽』として発展を遂げます。すなわち人形浄瑠璃、文楽ですな。そして現代、もはや芸能娯楽ですらなく、極めて

実利的、功利的な動機によって人形は動かされるに至ります」

「ロボットやアンドロイドですね」

「然様。……しかし、『人形を動かす』事が『呪《まじな》い』であるという本質は、実のところ、昔も今も変わってはいないのです」

「なるほど。それはつまり――」惣右介は人差し指を立てて言う。「たとえば、文楽や人形劇、ストップモーションアニメの人形が観客に感動を与え、その人の価値観や感性に影響を与えるということ――」

「そう。それは立派な『呪《まじな》い』ですな」

「ロボットやアンドロイドに人間に代わる労働をさせること――」

「それは土人形のゴーレムに呪《まじな》いをかけて働かせることと、本質的には同じですな」

「『ロボットは科学的な技術で動いている』という種明かしを知っているから不思議に感じないだけで、人形が動くことによって世界に変化が生じる……それ自体が『呪《まじな》い』である――と、つまりは、そういうことでしょうか?」

「ええ、その通り。……だがしかし、上手な文楽の人形遣いなどは、人形に本来与えられた『呪《まじな》い』を知らず知らずのうちに再現し、『古《いにしえ》の秘術』を現代に甦らせる場合があるかもしれません」

意味深な笑みを浮かべ、久太夫は話を続けた。

「――つまり『久太夫』の人形は、そういった『動き』によって魂を宿らせる『呪《まじな》い人形』の系譜の末裔に位置すると考えています。それゆえに外部から動きを与え、人形に魂を宿らせるた

め、人形の全ての関節は人間と同じ動きをするように出来ています」

「なるほど、それで――」等身大人形たちを惣右介は見廻した。

「皆さんそれぞれ、まるで生きているかのような美しい姿勢で椅子に座ることが出来るわけですね。……リアルな造形の『生き人形』と、手足が動く『文楽人形』、久太夫さんは二種類の人形の構造を融合させた――と、そう理解してもよろしいでしょうか？」

「結構。……しかし、その可動構造はパフォーマンスのための機構ではありません。あくまでも魂寄《たまよ》せのため、『呪《まじな》い』のためのメカニズムなのです」

「なるほど」

深く頷き、惣右介は言った。

「では、文楽のように『動かす』のではなく、ロボットやアンドロイドのように自ら『動く』人形は、久太夫作品には存在するのでしょうか？」

「ほう――」久太夫は、意味ありげな笑みを浮かべた。「無いわけではないが、ほとんどは『動かす』人形ですな」

「そうですか――」人形たちを見渡し、惣右介は言った。

「自ら動けない人形に魂を宿らせるため、可動の機構を与える――。そして、その人形の居場所として、外界とは断絶したこのような空間を拵《こしら》える――。まるで、『人形』という『閉じたもの』の内に何かを封じ込めたい……そんな作家の意志が感じられるような気がします。もしその直感が正しいとするならば、作家は一体、人形の中に何を閉じ込めたいと思っているのでしょう

か？」

作家の視線がふと惣右介から逸れた。

ユミはその視線を追う。作家の視線は人形たちの間をさまよっている。

惣右介に向き直り、久太夫は言った。

「多く人形作家というものは、人形の中に自分の命を閉じ込めたい……最終的にはそんな願望にたどり着く、業の深いアルチザンなのかもしれませんな」

背もたれに体を沈め、作家は閑話休題という様子のポーズを見せた。

「……ところで海神さん。あなたは文楽の世界にも関係が深いということですね」

「それほどではありませんが……。友人が舞台に出ています」

「何という人ですか？」

「冨澤弦二郎という三味線弾きです。研修生の世話係も担当しています」

「ほう……。最近は、若い人は順調に育っているんでしょうか？」

「人数は少ないけれど、真面目で真剣な研修生が多いと友人は喜んでいますね」

背もたれから体を離し、作家は重心を前に移した。

「人形遣いの若手は、ちゃんと育っているんでしょうか？」

「人形作家として、やはり、そこに一番ご関心が？」

「……」

言葉では応えず、久太夫は惣右介の目をじっと見つめ続けた。

しばらく黙って視線を受け止め、そして、惣右介はふっと力を抜いた。

「一つ、友人から興味深い話を聞きました。……詳しくは来週、彼が上京する折に聞かせてもらうことになっているのですが……。もしかすると、先生の仰言《おっしゃ》るような形で、若手の人形遣いが一人、人形に込められた『古《いにしえ》の秘術』を現代に甦らせてしまった可能性があります」

「ほう」

興味深そうに、久太夫は一層上身を前に倒した。

ユミは惣右介の横顔をじっと見つめた。

『古《いにしえ》の秘術を現代に甦らせた』――それは一体どういう意味なのだろう?

久太夫は堪えきれなくなったように惣右介を促した。

「……一体、それはどんなお話なんでしょう?」

「先日の大阪公演の千穐楽、『摂州合邦辻』の切場。俊徳丸の左を遣っていた青年が出番直前に姿をくらましてしまったそうです。『母のところに行かなければ』――と言い残して」

「ほう……。俊徳丸というのは、たしか母親に毒を飲まされる青年でしたね? ……その人形を遣っていた青年が失踪したことが、人形を動かしたため甦った『古《いにしえ》の秘術』だと?」

惣右介は首を横に振った。

「いいえ、それだけではありません。青年の跡を追った友人は見たそうです。……まるで、毒を飲まされた俊徳丸のように変わり果ててしまった彼の顔を――」

え――?

話の意味が呑み込めずユミが首を傾げたその時、部屋の隅から「ギギギギ」と何かが動く物音が響いた。

何気なく音の方向に顔を向けた瞬間、ユミは目を見開いた。

「キャーッ！」と思わず叫び、ユミは咄嗟に惣右介の腕にしがみついた。

部屋の隅の椅子に、俯きがちに座っていた能楽師の人形は上身を起こし、不気味な能面をユミたちの方に向けていたのだ――。

『ノクターン』編集部に勤め始めてこの方、多くの非常識、マニアックな人々に接し、気味の悪い思いをすることも多々あった。しかし、ここまで現実離れした場面に出くわしたのは、さすがにユミも初めてのことだった。

恐る恐る、ユミは辺りを見廻した。

残る二体の等身大人形も、動き出したりしていないか……。

入口脇のスーツの男。左奥の着物の女――どちらも動く気配はない。

わずかに安堵し、ユミは惣右介に顔を向けた。

惣右介は能楽師を見つめ、ふっと笑顔を浮かべた。

「やはりそうでしたか、久太夫さん」

「え？……久太夫さん？　え？　どういうこと？」

混乱して、ユミは惣右介と人形の顔を見比べた。

苦悩の表情が張り付いた能面と、穏やかな表情の惣右介は微動だにせず向き合っている。

向き合う二人を、正面の久太夫は面白そうに眺めている。

ユミは再び人形に注目した。

能面と同じく艶やかな素材で覆われた、首、胸元、手、指先——明らかに人形の素材から成る能楽師は、一体どうやって動いているのか？

惣右介が久太夫と言うからには、中に人間が入っているのか？

それとも機械仕掛けのロボットなのか？

硬い殻に覆われた人形の正体は、まったくもって判らない。

ユミは作家に顔を向けた。

「あの……先生は梅本久太夫さん……ですよね？」

男はニヤリと笑った。

「言ったじゃありませんか。私が久太夫なのか、人形が久太夫なのか分からない——と」

「えっ？」

ユミは惣右介に顔を向けた。

摑んだままの腕を、ユミは小さく揺すった。

「……海神さん、あの人形が、久太夫さんなんですか？」

「ええ、そのようですね」

「えーっ！」

大声を上げるユミに、惣右介は首をゆっくりと傾げて見せた。

「三郷さんは久太夫さんの近影写真をご覧になっていなかったんですか？　写真には、ちゃんとあの姿で映っていらっしゃいましたよ？」

「えっ？」一瞬呆気にとられ、ユミは主張する。「そりゃ、私も写真は見ましたよ。けど、顔出しがイヤだからアイコンを替わりに公開してるって、普通はそう思うじゃないですか！」

摑んだ腕を放し、ユミは頬を膨らませた。

惣右介は優しく応じた。

「『普通』という言葉は、往々にして単純な真実を複雑に見せてしまうものなんですね」

「え……」ユミは言葉を失った。

人形の姿をした人形師。今や正体不明となった目の前の男。そして、この状況下で格言めいたことを笑顔で言う青年——こんな人たちの中で、『普通』なんて言葉を使った自分が馬鹿だった……。

にやけた表情のまま、正面の男は惣右介に視線を向けた。

「写真のことで、久太夫の正体に気付いていたと？」

「ええ、それもあります、しかし——」

惣右介はにこやかに応えた。

「久太夫作品がもつ外的世界への拒絶感のようなもの、内へ内へと向かうような求道精神が、失礼ながら、あなたからは少しも感じることが出来ませんでした。もしあなたが作品を作るなら、

人形のような静的なものではなく、もっと動的なもの……芝居や話芸、あるいは商売のシステム、そういったものなのではないでしょうか？」

大袈裟に目を丸くして、男は笑った。

「ハハハハ……。あなたの分析は、まぁ、正しい。私は久太夫のマネジメントや諸々の実務を担当しています。……これも繊細な作家の意思を尊重したスタイルでしてね、決してあなたたちをからかっていたわけじゃない。どうぞご理解、ご容赦を」

男はポケットから名刺を取り出し、惣右介とユミに差し出した。

野呂圭太《のろけいた》――と書かれた男の名刺の肩書きには『人形師　二世梅本久太夫』とだけ書かれている。作家と野呂と人形、それら要素の綜合が『人形師久太夫』という意味なのか？

男の名刺を眺めながら惣右介は言った。

「種明かし、どうもありがとうございます。……ちなみに、久太夫さんは文楽の情報を欲していらっしゃるようでしたので、僕の知っている内々のお話をしました。そうすれば、きっと何か反応を見せて下さるのではないかと思いましてね。……余計なことまでお話ししてしまいましたが、さっきのお話はここだけに留《とど》めて頂けたら幸いです」

「では、あの作家の姿のことも、ここだけの話にしておいてくれますか？」

人形に視線を向け、野呂はニヤけた笑みを浮かべて言う。

ちらりとユミを見て、惣右介は応えた。

「我々としては是非記事にさせて頂きたい内容ですが、ご本人のご意向なら仕方ありません。

――久太夫さん」惣右介は人形に顔を向ける。「あなたのお姿については、記事にしない方がよろしいですか？」

「……」

しばらく間を置いて、人形はゆっくり、小さく、コクリと頷いた。

「わかりました。では、久太夫さん、どうしてあなたが今、文楽の情報に関心をお持ちなのか、その理由をお聞かせいただけませんか？」

「……」

長い沈黙が続き、そして、人形はゆっくりと背もたれに身を倒した。

息をひそめ、ユミはしばらく人形を観察し続けた。

どうやら、人形は話すつもりも、再び動くつもりもなさそうだ。

「海神さん、失踪した人形遣いの青年は、何という名前なんでしょう？」

野呂が沈黙を破った。

ユミたちは人形から野呂に向き直る。

「……」

しばらく黙って野呂を見つめ、惣右介はゆっくりと口を開いた。

「楠竹巳之作門下の……」

野呂に向かって言いながら、しかし、明らかに惣右介の注意は人形に向けられていた。

「――楠竹真悟君という青年だそうです」

惣右介の陰から、ユミも人形に注意を向ける。

人形は相変わらず動かない。

しかし、じっと人形を見つめ続けるユミは気付いたのだった。

最前まで微動だにせず、命のない人形にしか思えなかったその胸が、わずかに膨らみ、へこみ、その呼吸が著しく乱れ始めていることに――。

三

「弦さん、おおきに！　ほんま、恩に着るでぇー！」

東京・半蔵門。国立劇場裏手にある文楽芸術協会の上部組織『日本伝統芸能振興会』。そのレクチャールームの控室、勢いよく入ってきた長谷太夫は足早に弦二郎が座る長机へと近づいた。

黒紋付に仙台平の袴――弦二郎と同じ正装で身を整えた長谷太夫はパイプ椅子を引き、弦二郎の正面に腰を下ろした。

「今、ちらっと講義室覗いてみたら、席は満席、記者みたいな人間も仰山来てる。弦さんが引き受けてくれへんかったら、師匠の大事な講演、司会の俺が緊張して、ポカしてまうとこやったかもしれへん。ほんま、おおきにやで」

「はぁ……」

長谷太夫のあからさまな猫撫で声に、弦二郎は生返事をした。

長谷太夫は続けた。

「けど、急に伊勢師匠に講演会をやらせるなんて、振興会もほんま無茶苦茶やで。師匠は気易い人やから、二つ返事でかましまへんて応じたけど、これが昔気質《かたぎ》のややこしい太夫やったら、機嫌損ねて大阪に帰るて言い出すような失礼な話やで、ほんま」

長谷の口からは噺家のように次から次へ言葉が飛び出す。

こんなに喋れるんやったら、一人でも大丈夫やろうに——弦二郎は思った。

若手の研修公演『文楽若手会』の指導と後見のため東京出張中の弦二郎は、相方の頼みで急遽、「公演」前の「講演」に参加する羽目になったのだ。

弦二郎が長谷に頼まれた役目とは、冨竹伊勢太夫の講演会の司会として師の隣に座る長谷の、そのまた隣に座る——という、よく分からないものだった。

とりあえず、弦二郎は言葉を返した。

「……補助金廃止の騒動で、皆さん興味を持ってくれはったんですかね？」

「え？　ああ……まぁ、それはあるかもしれへんな。皮肉なこっちゃ」

「急に講演会が企画されたのも、やっぱりそのせいなんですかね？」

「ああ。大阪市と文化庁と振興会の『御位争《みくらい》い』みたいな事情でもあるんとちゃうか……。まぁ、俺らには計り知れんことやけど」

「ふーん。……ところで長谷さん、僕はほんまに、壇上で長谷さんの隣の椅子に座ってるだけで

いいんですか？」

「ああ、それだけでかめへん」

「それやったら、いやいやへんかて同じとちゃいます？」

「いやいや……それは了見が違う。人間の習慣ってもんは恐ろしいもんなんや。俺が浄瑠璃語る時はいつも弦さんが隣におる。弦さんが隣で上手い三味線弾いてくれるから、俺は安心して語れる。……それが当然のことになってしもてるから、俺はもう、弦さんが隣におらへんかったら、とても平常心で語ることなんて出来へんのや。まして今日は文楽廻しの上でもない、見台も床本もない……。いつものように弦さんが隣にいてくれることだけが、俺の安心のお守りなんや」

「お守り、ですか？」

「ああ、お守りや。お守りが気に入らへんかったら、女房役とでも言おか？　連理の枝、比翼の鳥……ちゅうやつやな」

「はぁ……」

「まぁ、ちゃんとお礼はするさかい……。講演会と若手会が済んだら、一緒に銀座か赤坂に飲みに出ようや。パーッと奢ったるでェー。居酒屋で」

「いや、今日はちょっと……」

「え？　何か予定でもあるんかいな」

「ええ……東京に住んでる幼なじみと会う約束があるんです」

「幼なじみ？　女の子かいな？」

「いえ、男です」

「ふーん。――そりゃ、残念」

『残念』という響きに込められた複雑なニュアンス――さすが語りのプロである。

何となく感心して長谷太夫の顔を眺めながら、弦二郎は気になっていることを尋ねた。

「そういえばあのノートのこと、伊勢師匠はあれから何か話してくれはりましたか？」

「ああ……あのノートの話なぁ――」

長谷は声のトーンを落とす。

「『それについて話すことはない』て言わはる師匠に食らいついて、何回かタイミング見て聞き続けてんけどなぁ。終いには『師匠として言いつける。その話題は金輪際禁止や』て言われてしもて……。さすがにそない言われてしもたら、弟子としてはもう、手ェも足も出ぇへんわ」

長谷は肩をすくめて見せた。

「行方不明になった真悟君が書いたノートやと言うても、あきませんでしたか？」

「ああ。それとこれとは別の話やと言わはって、取り付く島もあらへんかった……。あんなに頑なな師匠、俺も入門してからこの方、初めてやで」

「そうですか……」

千穐楽に姿を消した楠竹真悟は、今なお行方知れずになったままだ。

同期とシェアするマンションに一旦帰り、当座の荷物をまとめて姿を消していることから、事件や事故に巻き込まれたのではなく自分の意志で職場を放棄したものと会社は判断している。許

可なく代役として舞台に立った和孝とともに、近々二人には処分が下されることになっている。……後継者不足の文楽にとってそれは大きな不幸、研修の『先生』役を務めた弦二郎にとっても、それは無念が残る結果だった。

弦二郎が見た真悟の崩れた顔については、あまりにも非現実的な話のため「暗闇での目の錯覚」として片付けられてしまった。

言われてみれば、そうだったのかもしれない……弦二郎自身も最近ではそう思い始めている。

「……弦さん、和孝の査問会に立ち会ったんやろ？　あいつ、何か言うてたか？」

「いいえ。『男の一生の頼みやと言われて、悪いこととは知りながらも舞台に出た』と答えるだけで……。姿を消した事情も、真悟君の行方も、本当に何も知らへんみたいです」

「そうか――」長谷はふーっと溜息をついた。「このまま欠席裁判で処分されてまうんは気ィが悪い。見つけ出して釈明させて、何とかしてやりたいもんやけどなぁ……あのアホ」

しばし黙り、長谷はちらりと壁の時計を見上げて言った。

「ぼちぼち時間やな。ほな、この話は終《しま》いや。……あんじょう頼むで、『お守り』」

「はぁ……」

きびきびと立ち上がる長谷太夫を、弦二郎はぼんやりと見上げた。

*

特別講演会『義太夫の文楽史』――話・冨竹伊勢太夫　聞き手・冨竹長谷太夫。

文字だけのポスターが貼られたドアを開けた途端、満席の会場に大きな拍手が沸き上がった。伊勢太夫、長谷太夫、そして、ポスターに名前のない弦二郎――三人の技芸員は前方ドアから壇上に進み、三つ置かれた椅子の前それぞれに立った。

拍手の様子で、客それぞれの文楽への馴染みの度合いが面白いように判る。文楽に馴染みのある客たちは予期せぬ弦二郎の登場に喜び、目を丸くして大きな拍手を送ってくれている。それ以外の客や記者たちは小首を傾げ、ポスターに名前のない登場人物に不審の目を向けている。まぁ、そんな反応やろな――『お守り』の弦二郎は曖昧な微笑みを会場に向け、二人の太夫とともに頭を下げた。

席に腰を下ろし、長谷はテーブルのマイクを手に取った。

「えー、本日は皆様お忙しい中、わざわざのお運び、誠にありがとうございます。今回はうちの師匠、冨竹伊勢太夫から、『義太夫の文楽史』という題でお話をさせていただくわけなんですけれども……。あ、私、聞き手を務めさせていただきます冨竹長谷太夫と申します。どうぞ、よろしゅうお頼《たの》申します」

マイクを手にペラペラと喋っているが、長谷はいつになく緊張している様子だ。相方の弦二郎にはそれが手に取るように判る。

「えー、そして、こちらが私がいつも三味線を弾いてもろてます冨澤弦二郎君。……今日は、

えーっと、聞き手の聞き手――ということで、一緒にお付き合い頂きます」

聞き手の聞き手――長谷の珍妙な説明に会場は水を打ったように静まる。

弦二郎は慌ててマイクを手に取った。

「……冨澤弦二郎です！　どうぞよろしゅうお願いします！」

拍手を誘い、『お守り』は冷えた空気を誤魔化した。

長谷はほっとした様子で再び口にマイクを近づけた。

「えー、では早速、伊勢師匠からお話を聞かせて頂きたいと思いますけれども、師匠、今日は何をお話し頂きましょ？」

いきなり話を振る長谷をちらりとにらみ、伊勢太夫は手元のマイクをゆっくりと持ち上げた。

「あらためまして、皆さん、ようおいでやす。冨竹伊勢太夫でございます」

会場に大きな拍手が起こる。

拍手が静まるのをにこやかに待ち、伊勢太夫は続けた。

「……私《あて》ら太夫ゆうもんは『語り』が商売なんですけれども、話術、アドリブが身上の噺家はんらとは違《ちご》て、『院本《まるほん》』という原作を自分の手で書き写した『床本《ゆかほん》』というものを一字一句違えずに語るのが仕事です。……文楽を聴きにお運び頂いたことのあるお客さんやったら御存知やと思いますが、浄瑠璃の初めと終いに、床本《ほん》を頭の上に、こう、高《たこ》う掲げまっしゃろ？　それはつまり、この芝居の中で一番尊いもんは三業の芸人でも人形でもなく、原作や――ちゅう敬意の表現なわけですな」

一呼吸し、太夫はゆっくりと客席を見渡した。

「せやから、私《あて》らは本に書かれたこと以外を語るのは、ずぶの素人なんでございます。……うちの長谷太夫も、まぁ、義太夫語らせたらそこそこ器用に語りよるんですけれども、本のない語り――トークちゅうもんが、まぁ、下手クソであきまへん」

ニヤリと笑って太夫は長谷を睨む。長谷は引き攣った笑みを浮かべる。

「……長谷太夫に聞き手・司会の御役目は、私《あて》としてはちょっと、まだまだ不安ですさかい、まぁ少しの間、一人で自由に喋らせてもらおうかな……と思《おも》とります次第で――」

話のまくらを終えた噺家のように、老師はすっと背筋を伸ばした。

＊

『人形浄瑠璃』という言い方をしますなら、その歴史はそこそこ古うて、人形に関しては中世の傀儡子、浄瑠璃は近松門左衛門、竹本義太夫の江戸時代前期まで遡らなあきまへん。けど『文楽』という言い方をしますなら、その歴史は案外、それほど古いもんでもないんですな。

時代は文化文政――と申しますから幕末の頃。淡路出身の植村文楽軒《うえむらぶんらくけん》なるお人が大阪の高津《こうづ》新地に人形芝居の小屋を建てたんが、その始まりやと申します。

人形芝居の小屋とか、素浄瑠璃を聴かせる「浄瑠璃小屋」なんてもんが、元々、大阪の町には仰山あったそうです。……浄瑠璃小屋というのは、町内の喉自慢が素浄瑠璃を語って聴かせる、

まぁ今で言うカラオケ屋さんみたいなもんですな。

あ、「素浄瑠璃」って解りますかいな？

簡単に言うたら、人形のない文楽。本来は「浄瑠璃」と言えば済むことなんですが、文楽・人形浄瑠璃と分けて話す時、あえて「素」という枕を付ける——という感じでんな。そんな浄瑠璃小屋が仰山あって、素浄瑠璃が素人衆の趣味として盛んな土地柄やったからこそ、文楽は大阪に根付いたんでしょう。

明治の文明開化後、文楽軒の三代目「文楽翁」という興行主の元、文楽は隆盛を極めました。「隆盛を極めた」なんて言うと、それ以降あかへんようになってしもたと言うてるのと同じようなもんで、一寸情けない気はしますが、そうやのうて、その頃の人気がびっくりするほど凄かった——と理解してもらえたらと思います。その頃の浄瑠璃音曲《おんぎょく》のごっつい人気は、大阪の文楽だけにとどまらず、東京、全国での素浄瑠璃の大流行にまで波及したほどでした。

そもそもは旦那衆や男芸人、「男の芸」やった浄瑠璃が、この頃になると女流の芸、つまり「娘義太夫」にまでも裾野が広がって、そして、それが一大ブームになったんですな。この娘義太夫ブームは社会現象と言ってもいいぐらい、凄いもんやったと言います。私《あて》らの頃で言うたらキャンディーズ、最近で言うたらＡＫＢ——ぐらいのイメージでっしゃろか？

いや、もしかしたらそれ以上かもしれません。

そもそも、浄瑠璃が「男の芸」になったんは、江戸時代、天保の改革で女芸人が風紀上よろしく

ない……ということで禁止されたためでした。明治になってその禁令が解かれる。それによって現れた華やかで可憐な女義《じょぎ》さんたちに、パァーッと人気の火が付く──。もちろん、うわついた人気だけやのうて、弾き語りの天才、豊竹呂昇《とよたけろしょう》という実力派のスターもその頃には登場しました。

最盛期、東京では寄席から寄席に飛び回る女義さんの人力車を追い掛けるファンの大行列が出来たと言います。それが日本で最初に誕生したアイドルの『追っかけ』やと、芸能史を研究する先生方は口を揃えて言わはりますな。

そんな娘義太夫の大ブームとともに、日清戦争の頃、浄瑠璃人気は頂点を迎えます。

この頃の浄瑠璃は歌舞伎と人気を二分するほどやった──と言いますから、ちょっと、今では考えられへんような羨ましい話ですな。

え？　……今でっか？

まぁ、色々ありながらも、細々やらしてもろてます……。

女義さんは……今では数える位しかいはりませんなぁ。

まぁそもそも、今も昔も、文楽は男だけのむさくるしい世界ですけれども。

*

結局挨拶以外一言も発することなく、弦二郎は壇上での仕事を終えた。

長谷太夫も弦二郎と似たような仕事ぶりだったが、会場をあとにした長谷は「いやー、おかげ

さんで無事に役目が果たせたわー！　おおきに！」と上機嫌で太夫の楽屋へ去って行った。

弦二郎も一旦三味線楽屋に戻って研修生たちを舞台に送り出し、洋服に着替えて客席へと向かった。研修の仕上がりを客目線から確認するためである。

最後列の一席に腰を下ろし、弦二郎は開幕を待ちながら伊勢太夫の講演を思い返した。

長谷の『お守り』として役に立ったかどうかはともかく、文楽史の生き証人である長老太夫の話を間近に聞けたことは、弦二郎にとって意義深いことには違いなかった。

日清戦争の頃の絶頂期のあと、映画の登場とともに人気に翳りがさし始める文楽。

先の戦争で数多《あまた》の芸人が出征し、彼らの命とともに多くの芸を失った文楽。

そして、ようやく迎えた戦後にも、文楽の受難は続く。

老師の言葉は、今も生々しく弦二郎の耳に残っていた――。

*

――『やっと戦争が終わった！　また文楽が出来る！』私《あて》の師匠は思わはったそうです。

戦争がもたらした色々な喪失感や悲しみよりも、また文楽が出来るという希望に、師匠は未来を見出しはったんでしょう……。

けど皮肉なことに、戦争が終わって入って来た新しい価値観のために、また、文楽は大きな岐路に立たされてしまう。

正直、文楽は昔から決して割の良い商売ではありませんでした。

今でも、文楽やりたいて相談して来る子には『金持ちになりたいんやったら他の仕事した方がええ、有名になりたいんやったら他の芸やった方がええ』て、まず言うて聞かせるくらい、私ら《あて》の芸は地味で地道な職人仕事です。

長い下積みがあって、自分の仕事の時間以外も先輩の芸を見れるだけ見て覚えなならん。開幕前、開幕後の雑用がある。旅回りの出張と、その準備も多い……。

今でこそ「労働基準法に則った現代的なワークスタイル」――ちゅうもんに少しは近い形で仕事をさせてもろてますけど、昔はとても給金に見合わん徒弟奉公みたいな労働環境でした。

まぁ、一生修業の芸の道やさかい、それはそれで仕方ない部分もあります。

けどまぁ、前時代的な世界やったことには違いありまへん……。

個人の自由と権利が保障された新しい戦後の時代、労働争議や組合運動が盛んになってゆく社会で、文楽だけが前時代的な世界にとどまるわけにはいきませんでした。労働組合を結成しようとした技芸員の有志と、当時の興行主、松竹はんの間に対立が起こってしもたんですな――。

けど、そもそもが前時代的な考えの上に成り立ってる芸の世界ですさかい、話はややこしい。『芸の道は一生もんの修業や、法律で簡単に割り切れるもんやない』て考える古株の技芸員は組合結成に反対して会社側に付いた。

もちろん、組合に集まった技芸員も、決して修業をないがしろにするつもりはなかったでしょう。けどやっぱり、現代流に労働環境は改善したいし、文楽に進取の気風も取り入れたい――。

私《あて》にはどっちの気持ちもよう理解出来る。

当時の先輩方の思いを考えると、ほんま、私《あて》は今でも胸が痛みます。

会社に付いた三十余人は『鼎会《かなえかい》』、組合に集った五十余人は『三輪会《さんわかい》』、結局それぞれの会派を作って文楽は二手に分かれてしまいました。

『鼎会』の方は東西の会社の劇場で定期的に公演が出来る。けど、自然と芸に覇気が無くなってくる。『三輪会』は地方巡業や地芝居の手伝いで苦労しながら生計《たつき》を繋ぐ。活き活きと仕事は出来るけど、日々の暮らしに追われてゆく……。労組の問題から分かれてしもた二派は、いつの間にか互いに意地の張り合いになってしもて、随分と長い対立を続けました。

それでなくても前時代的で地味な芸が、そんなこと続けてたら、当然、どんどん魅力も力も無くしてしまいますわなぁ……。

高度成長の好景気の世間とは裏腹に、文楽の人気と観客動員はどん底。

浪花の芸の灯を消したらあかん——という心意気で、長いこと赤字の文楽を興行し続けてくれてた松竹はんも、とうとう文楽の経営放棄を決めてしもた……。

そこでようやく、二派に分かれてた文楽は一つに戻りました。

国、大阪府、大阪市やＮＨＫの助成で運営される公益財団法人、文楽芸術協会が、私《あて》らの座元になってくれたんです——。

思えば、芸人たちを戦争に送り出して、文楽を絶やしかけたんも政治。

興行主に見限られて、滅びかけた文楽を救けてくれたんも政治。

我々、人間の手になるはずの政治や世相……社会ちゅうもんが、個人にはどうにもならへんような大きな力になって、人間を救けたり、苦しめたりする――。

今になって考えたら、文楽が経験してきた幾山河《いくやまかわ》は、まさに文楽が題材にし続けてきた悲劇と同じことやったと、私《あて》は思います。

お国やお家の大事に翻弄されて死んでゆく侍たち。

義理人情、道徳意地に追い詰められて、命を絶つ恋人たち。

忠義のため、我が子の首を切って差し出す父親、母親……。

文楽が語る奇想天外な物語は、決して絵空事でも昔話でもない。

いつ何時《なんどき》自分の身に降りかかるかもしれへん、人間と社会の悲劇なんですな――。

＊

『若手会』の公演と反省会が終わり、弦二郎は皆より一足先に楽屋を出た。

奢ってくれるという長谷太夫、打ち上げに参加して欲しいと言ってくれる若手たちには申し訳ないが、今日ばかりは赦《ゆる》してもらう。劇場近くの蕎麦屋で、大切な幼なじみが待っているのだ。

彼の名は海神惣右介。

絹糸を扱う弦二郎の実家が糸を納める西陣の織元のお坊ちゃんである。

三歳しか年は違わないのに、彼は弦二郎より随分若く見える。しかし、その洞察力は弦二郎よりも余程老成している。

自分の頭では到底整理がつかない問題が起きている今、そんな彼との再会は弦二郎にとって何より心強いことだった。


国立劇場からほど近い、隠れ家のような小さな蕎麦屋。若女将風の小柄な女性が弦二郎を出迎えた。

「あの、待ち合わせをしてるんですけど」

「あ、あちらのご予約席のお客様ですかしら？」

女将はにこやかに奥の一角に指先を向ける。

長くて白い暖簾が掛けられた、そこは半個室になったテーブル席だ。

女将は進み、ふわりと暖簾に隙間を作った。

暖簾の隙間から、弦二郎はそっと中を覗いた。

艶のある黒髪、微笑みながら斜めに見上げる白い顔――。

久々に会う幼なじみと笑顔で向き合い、弦二郎は言った。

「お待たせ、惣右介君――」

乾杯した杯を唇から離し、惣右介は唐突に言った。

「ところで弦二郎さん、今日はどうして壇上に座ってたんですか？」

不意を突かれ、弦二郎は口元であわわと杯を泳がせる。

「なんや、惣右介君も講演会に来てくれてたんかいな。まぁ、僕が座ってたんはにぎやかし、みたいなもんかな。ははは」

「ふーん」

「伊勢師匠の話、面白かった？」

「ええ。とても興味深いお話でしたよ。歌舞伎と違って文楽は文献資料が少ないですから、調べようと思っても解らないことが案外多いです。今日のように太夫のお話を聞かせて頂けるのは、とてもありがたい機会ですね」

「講演会に来てくれてたってことは……」

「ええ、もちろん『若手会』も拝見させて頂きました」

「ほんまかいな！　言うてくれたら招待券用意したのに……」

銚子を手に取り、弦二郎は惣右介に一献注ぐ。

杯を受け、惣右介はにこやかに応えた。

「来られるかどうか、ぎりぎりまで分からなかったものですから。……それに、ちゃんとチケットを買って文楽を応援できれば——と、今、多くの文楽ファンは思っていると思いますよ」

「ありがとう。そない言うてくれると嬉しいなぁ。——せっかくやから、感想も聞かせてもらえ

たら、尚ありがたいなぁ」

「感想ですか？——」杯と銚子を持ち替え、惣右介は弦二郎に酌をしながら言った。「床は良かったと思います。今なされるべきことはきっちり出来ていたように感じました。声の情緒や味わいというものは、年を重ねれば自然と出て来るものでしょう。ただ——」

「ただ？」

「人形の動作の意図が解らない場面が所々ありましたね。例えば、惟茂《これもち》が鬼女に呼び止められる場面。背後から声を掛けられたなら、すぐに立ち止まるか、あるいは数歩歩いてふと気づくのが自然な動きなのではないかと思います。しかし、今日の惟茂は随分歩いてからじんわりと振り返りました。その動きにはどんな意味があったのか？　残念ながら僕には意味があるようには見えませんでした。『意味を問われて答えられない動きを、舞台の上でしてはならない』という、どなたかの芸談を読んだ記憶があるのですが、つまり、これからはそういうことをもっと意識して欲しいかな……と、マァ、そんな印象ですね」

「なるほど——」その通りやな。杯の酒を舐めながら、弦二郎は唸った。

惣右介の感想は客席で監査していた弦二郎とほとんど同じものだった。

否、同じと言うよりも、弦二郎がぼんやり感じていた印象を惣右介が言葉にしてくれた——と言う方が正しいかもしれない。

相変わらずの幼なじみの見識に、弦二郎はますますもって嬉しくなる。

「おおきに、ありがとうさん。……ご意見、ちゃんと彼らに伝えさしてもらいます」

友としてではなく文楽の客として、弦二郎は惣右介に深々と頭を下げた。

「いえいえ。……あえて重箱の隅をつついたような意見ですから、どうぞお気になさらず」

弦二郎が頭を上げると、料理を運ぶ女将が丁度姿を現した。

板わさ、焼きのり、鴨の焼き物……卓上に皿が並べられる。

『蕎麦屋で呑む』という習慣は、関西の人間にはあまりぴんと来ない。しかし、東京に長い惣右介の説明によると、これが蕎麦屋の粋《いき》な愉しみ方なのだという。

並んだ料理に目を輝かせ、惣右介は嬉しそうに言った。

「ここは蕎麦はもちろん、鴨も絶品なんですよ。さぁ、いただきましょう――」


厚くて柔らかな鴨肉を噛み締め、弦二郎は思わず目を丸くした。

弦二郎の様子を満足げに眺め、惣右介は言った。

「そういえば、例の件に進展はありましたか？」

「例の件？　最近は、盆と正月どころやないぐらい、立て続けに色んなことが起きてるからなぁ……。一体、どの件から話したらいいのやら……」

「じゃあ、一番重要なことから話しましょう」

「一番重要なこと――」弦二郎はごくりと鴨を飲み込む。

惣右介は弦二郎の目を真っ直ぐに見つめた。

「真悟君の行方は、わかりましたか？」

しばらく黙って友を見返し、弦二郎は首を横に振る。

「いや……あれから行方はわからへんまま……。一体どこに行ってしもたのか……」

「そうですか」顎に親指を添え、惣右介は独り言のように続けた。「大事に至っていなければいいんですが」

「大事？――真悟は、何か事件にでも巻き込まれてしもたんやろうか？」

「事件？」

惣右介は首を傾げた。

事件――自分で言っておきながら、何を想定した言葉なのか弦二郎にも分からない。

考え直し、弦二郎は言い直した。

「何か、『人形の呪い』みたいなものに突き動かされて、あんなことになってしもた――とか？」

「ふーん」惣右介は興味深そうに目を見開く。

「……それは、一体どういう事でしょう？」

「それは、つまり……『合邦』の楽日、俊徳丸の左の真悟が俊徳丸と同じように顔を崩して姿を消した――それは、もしかしたら俊徳丸の人形の呪いか、次元を超えた玉手御前の妄念か……」

「……」

しばらく黙って弦二郎を見つめ、惣右介は「ふふふ」と笑った。

「僕も、ある人とそんな話をしたばかりです。……けど、そんなロマンのある話じゃなくて、今日は何か、僕に見せてくれるものがあるんでしょ？」

「あ。ああ……そうやった」

長谷太夫から貸りたノート——。

「君に、是非読んでもらいたいものがあるんや」

弦二郎は鞄に手を伸ばした。


「これを書いたのは、真悟君に間違いないというんですね」

ノートの文字を目で追いながら、惣右介は言った。

「うん。彼の筆跡やということは確かに確認した」

ページをめくり、惣右介は言う。

「真悟君の父上は御存命なんでしょうか？」

「いや……二カ月前に亡くならはった」

「首を切られて？」

「いや、ご病気で……。癌やったそうや」

「どちらで？」

「熊本の病院で……」

事実と照らし合わせれば、その内容に少しも現実味はない——弦二郎にも解っている。

ノートを読み終えた惣右介は呆れはしないだろうか……弦二郎は徐々に不安になってくる。

黙読を続けながら、惣右介は質問を続けた。

「彼の母上は？」

「彼は父一人子一人の家庭で、物心ついた時からお母さんはおらへんかったと、僕は聞いてる」

「母上に関して、他に何か情報はありますか？」

「いや……。離婚しはったのか、死別しはったのかも分からへん。……ごめん」

「謝ることではありませんよ」

ノートを閉じ、惣右介は真っ直ぐに弦二郎を見つめた。

「真悟君が書いたこのノートが、葦船島の資料の中に混ざっていたと……」

「うん」

「真悟君はその資料に関わる立場にあったんでしょうか？」

「彼も巡業のメンバーやったから、研修室で資料を見てるはずやと思う」

「ふーん……」ノートの表紙、裏表紙をあらためながら、惣右介は言った。「ここに書かれた話の舞台は、どうやら『葦船島』のようですが、あの島で、これに似た事件が起こったことはあるんでしょうか？」

「いや……」

しばらく考え、弦二郎は答えた。

「首を切ったとか、バラバラ殺人とか、僕が調べた限りではそんな事件は見当たらへんかった。ただ……」

一呼吸して弦二郎は続けた。

「巡業中の文楽の人間同士の無理心中……みたいな事件が、昔、起こったことはある」

「え？　そんなことが？」

惣右介は目を丸く見開いた。

そうなのだ——弦二郎は思う。

文楽に造詣の深い惣右介でさえ知らないほど、この事件と二人の死者の名前は、文楽史から抹消され、隠され、忘れられた、業界随一のタブーなのだ。

少し身を乗り出し、弦二郎は説明する。

「……その昔、文楽が毎年恒例にしてた葦船島の夏祭りの巡業。公演が終わった夜、畠澤段平さんという三味線が元相方の太夫、冨竹古宇津保太夫という人に斬殺された。……段平さんを殺した後、その古宇津保太夫も島の崖から岩場に身を投げて死んだ——そんな事件が、四十四年前にあったらしい」

「四十四年前……ということは、今回の『葦船島巡業』はその事件以来初の巡業になる——ということですか？」

「ああ、そういうことになる」

「なるほど……」

ノートをテーブルの端に置き、惣右介は弦二郎に尋ねた。

「そのお二人は、文楽史的にはどう位置付けられているんでしょうか？」

「今ではほとんど話にも出ぇへん人らやけど……録音で聴く限り、語り草にならへんのが不思議

なくらいの大名人やと、僕は思う」

惣右介の盃に酒を注ぎながら、弦二郎は説明を続けた。

「二派分裂の時代、会社側『鼎会』の重鎮やった古宇津保さんが若手の段平さんの才能を見出して、自分の相三味線として引っ張り上げはったらしい。その頃は『連理のコンビ』と言われるほど、息ピッタリのコンビやったそうや」

「その頃は――と言うことは、事件の頃の二人の関係は悪化していた……ということでしょうか？」

「事件よりもしばらく前、段平さんは『鼎会』から組合側の『三輪会』に移って、文楽と旅回りの仕事をかけもちしてはったそうや……。伊勢師匠の話では、古宇津保さんは段平さんに『自分の相三味線に戻ってこい』と執拗に詰め寄ってたらしい」

杯を口元に運び、惣右介は首を傾げた。

「しかし、古宇津保太夫というのは随分変わったお名前ですね。伊勢太夫の師筋、宇津保太夫の『うつぼ』に『古い』とでも書くんですか？」

「ああ、その通り。……古宇津保さんは宇津保師匠の兄弟子にあたる人で、先代に才能を惚れられて、本来は『宇津保太夫』を襲名する見込みの人やったらしい」

「どうして襲名しなかったんですか？」

「終戦の直前、古宇津保さんは徴兵された南方で戦死したと報じられた。終戦後、弟弟子の宇津保師匠が大々的な襲名披露をした後、戦死は誤報、本当は生きてた古宇津保さんが内地に戻って

来たんやそうや。……兄弟子が生きて還ったのはめでたい。が、襲名した大きな名前を今更ポンと譲るわけにもいかへん。……けど、生還した太夫にも太夫で意地がある。そこで『元々の宇津保太夫』という意味を込めて『古宇津保太夫』を名乗った――と、そういう事情やったらしい」

「随分と複雑な事情があったんですね」

「ああ……。古宇津保さんと宇津保師匠のいざこざも、文楽が二派に分裂した原因の一つやったと、僕は聞いたことがある」

しばしの沈黙を挟み、惣右介はぽつりと言った。

「文楽が語るのは『人間と社会の悲劇』である……か」

「ああ――」

それは今日の講演会、伊勢太夫の締めくくりの言葉だった。


重くなった空気を攪拌《かくはん》するように、二人は箸を動かした。

蒲鉾にわさびを乗せながら惣右介は言った。

「けどどうして、古宇津保太夫と段平さんの事件は、こんなにも徹底してなかったことにされているんでしょうね？」

「ああ、それは……男同士の無理心中……同性間の強い感情のもつれというのが、その……今とは違ってなかなかオープンに話しにくい時代やったから、ほとんど報道もされへんかったし、文楽も二人の記録を抹消した――という話を聞いたことがあるな」

「うーん……。そうなのかなぁ……」

つまみに舌鼓を打ちながら、惣右介は難しげな顔をした。

「それは違う、と？」

「そうですね……。もし、そんな事実があったとしたら、その件は『昭和の事件史』のような形で、むしろ今でも語り草にされているんじゃないでしょうか？　昔も今もゴシップが大好きな日本人が、その一時期だけ品の良い報道を好んでいたとは僕にはあまり思えませんね。……むしろ、何か大きな力が背後に働いていた——という考え方も出来るのではないでしょうか」

「ここにも『人間と社会の悲劇』がある、と？」

「さぁ……詳しくは判りませんが」

惣右介は箸を置き、弦二郎に向き直った。

「しかし、段平さんと古宇津保さんについては、今夜はこれ以上話しても仕方がないような気がします。真悟君について、ノートについて、何か他に情報はないんですか？」

「ああ、そうやな……」

惣右介の言葉に納得し、弦二郎は記憶をたぐる。

「そういえば、ノートに目を通してもらった時の伊勢師匠の様子がおかしかった」

「ほう」

惣右介の眉がピクリと動く。

弦二郎は続けた。

「読み終えた時、なんかこう……顔色が蒼くなって、そのまま黙ってその場を立ち去ってしまわはったんや。その後、長谷さんが事情を聞いても答えてくれず、結局その話題は禁止されてしもたらしい」

「四十四年前、伊勢師匠は葦船島に？」

「ああ、行ってはったそうや」

「なるほど……」

顎に指を添え、惣右介は斜め下に視線を向けた。

惣右介が子どもの頃からの、これは考えがまとまりつつある時のポーズだ――。

弦二郎はわずかに身を乗り出した。

「なにか解ったんかいな？」

「え？」驚いたように惣右介は顔を上げた。「この程度の情報で何か解ったと言う人間の導く解を、信じることはあまりお勧めしませんね」

たまに飛び出すまどろっこしい言い回し――これも、何らかの結論を導き出した時の徴《しるし》……のはずなのだが。

「ちょっと気が早かったかな……ははは」

弦二郎は肩をすくめる。

弦二郎に合わせて微笑み、惣右介は杯を持ち上げる。

「ところで来週、弦二郎さんはいつから葦船島に入る予定なんですか？」

「稽古は大阪で仕上げて、公演の前日に入る予定やけど……」

「そうですか。一日早く島に渡ることは出来ますか？」

「え？」弦二郎は首を傾げる。「まぁ、それは大丈夫やけど……。でも、なんで？」

惣右介はテーブルの上のノートを見遣った。

「あくまでも可能性ですが、もし、このノートが真悟君の失踪に関係しているのなら、彼が葦船島を目指す可能性は低くないのではないかと思います。それに、もしノートと失踪に直接の関係がなかったとしても、葦船島に行けば、少しは見えてくるのではないでしょうか？　そのノートの周辺で起きた一連の出来事の全体像が――」

「え？」弦二郎は思わず声を上げてしまった。

「……でも、母親に毒を飲まされたり、父親の生首が飛んだり、これは真悟が書いた小説もどき――みたいなもんと違うんかいな？」

「『小説もどき』と思って、弦二郎さんはノートを僕に読ませたんですか？」

弦二郎はあわてて首を左右に振る。

「あ、いや。確かに、真悟の顔は毒を飲まされたみたいに変わり果ててたで……。でも、彼のお父さんは病院で亡くならはった。……でもたしかに、筆跡は真悟のもんに間違いない」

まとまらない考えを、弦二郎はやみくもに言葉にした。

惣右介は優しく微笑む。

「このノートの作者を筆跡で断定してはならない――と、弦二郎さんなら当然お解りになるはず

なのですが」

「え？　どういうことや？」

解ると言われること自体が解らず、弦二郎は焦る。

惣右介は言った。

「だって、今でも文楽の人は床本を自分の手で書き写すんでしょ？『機械でコピーするんやのうて、自分の手で書き写すことに意味があるし、解ることもあるんや』って。……そんな世界に生きている真悟君が、何らかの思いをもってこの文章を書き写したと考えるのは、決して不自然なことではないと思いますよ」

「あっ」弦二郎は思わず声を漏らした。

『書写』ということに、文楽の世界では大きな価値を置いている。言われてみれば、自分たちは確かにそんな世界に生きているのだ。

惣右介は仕切り直すように言った。

「とにかく、ノートの本当の作者が誰であろうと、なるべく早く真悟君を見つけてあげる必要があるでしょう。恐らく彼は今、八方塞がりの苦しみの只中にいるはずです」

八方塞がりの苦しみ——そんな状況から真悟を救うことなど、果たして自分に出来るのだろうか……。

弦二郎は恐る恐る尋ねた。

「惣右介君も、島には……来てくれるんかな？」

「ええ。弦二郎さんの『三曲』も、もちろん聴かせていただくつもりです」

「……ああ、それはありがとうさん。そしたら早速、日程とか宿の手配の打ち合わせを──」

鞄の手帳に手を伸ばそうとした弦二郎に、惣右介はぴしゃりと言った。

「弦二郎さん！」

「はい！」

背筋を伸ばし、弦二郎は惣右介に向き直る。

真剣なまなざしを弦二郎に向け、惣右介は言った。

「……その前に、しなければならないことがあります」

「しなければならないこと？」

「ええ」

「それは？」

「それは──」

惣右介はにこりと微笑んだ。

「美味しいそばで、この場を〆《しめ》る事ですよ」

三段目

孤島の段

一

葦船島は淡路島の南方、紀伊水道にぽつんと浮かぶ勾玉形《まがたま》の小島である。『勾玉形の――』というのは、観光向けに使われる修辞的な表現だ。むしろ『頭を下に、体を丸めた胎児のような形』と言う方が、この島の形状をより正しく伝えることが出来るだろう。

胎児のへその辺りには日に三便、淡路島との連絡船が発着する港があり、そのへそから背骨の山稜に続くおなかの辺り、「島内《しまうち》」と呼ばれるなだらかな斜面の地域にほとんどの島民は暮らしている。

島の南北両端の崖下には、古事記『国生み神話』にまつわる奇岩が存在する。

島の北端、弁天鼻と呼ばれる崖下に横たわる曲線的なイザナミ岩。

島の南端、葦船《あしふね》神社の芝居小屋裏の崖下、矛のように屹立《きつりつ》するイザナギ岩。

伊邪那岐《いざなぎ》と伊邪那美《いざなみ》、二柱の親神が「誓約《うけい》」をし、淡路、四国、隠岐、九州……日本の島々を生み出したという「国生み」の神話。

それらの島が生まれる前の最初の子、蛭子《ひるこ》は体に骨のない子だったという。

憐れ葦の小舟に乗せられて、蛭子は海に流されたという。

その不幸な嬰児の乗り物と、同じ名を持つ葦船島。

伊邪那岐、伊邪那美、蛭子、葦船……まるで何かの呪《まじな》いのように、古い神話の言葉の中に閉じ込められた離れ島。

この孤島は良くも悪くも、浮世離れの「僻地」と言って、まず間違いはないだろう。

＊

《大切な何かが、きっと見つかる神秘の島》

とりわけ上手くもないそのコピーは、島の観光ホームページを運営する入江《いりえ》一平《いっぺい》が、まだ島で暮らしていた頃に考えたサイト・トップのコピーである。

葦船島唯一の船宿『入江屋』の一人息子の一平は現在、東京の専門学校でウェブデザインを学

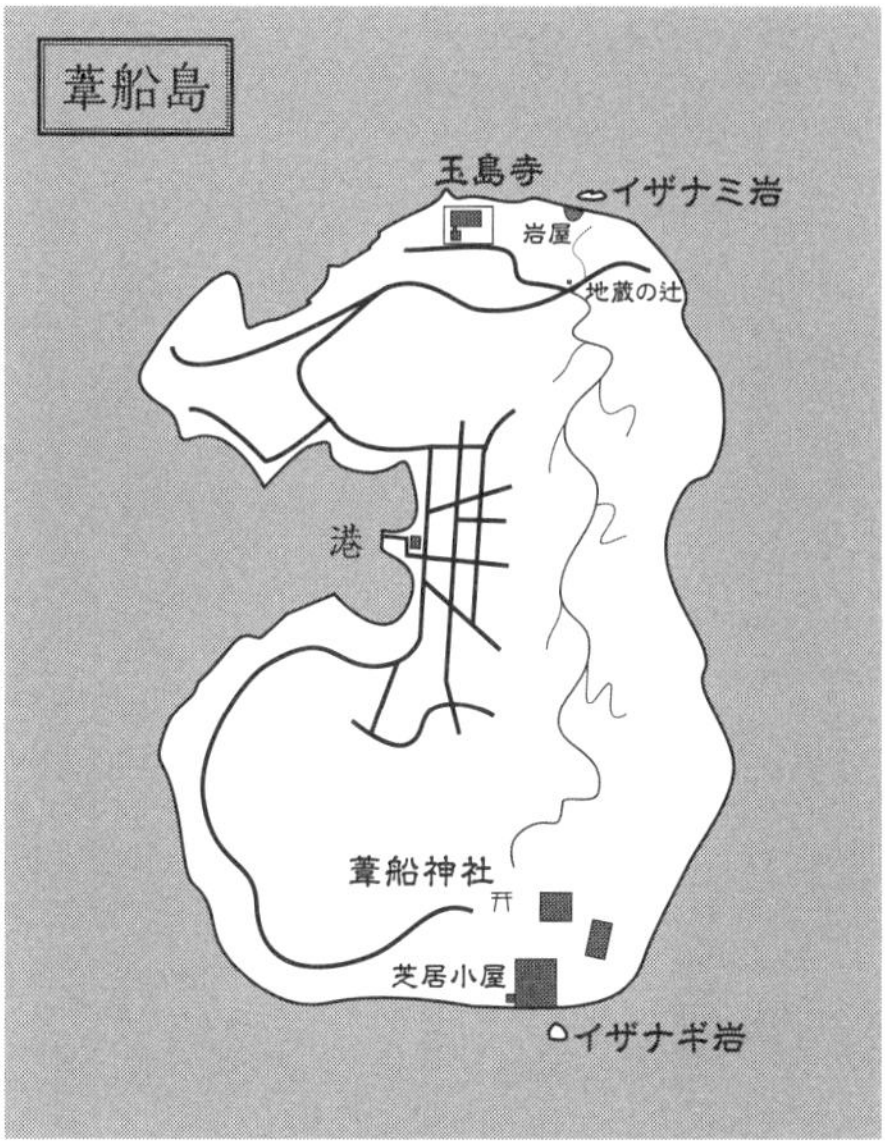

んでいる。島では到底見つけようもない本やPCパーツ、格好いい眼鏡フレーム——日々何かが見つかる都会に暮らす一平にとって、このコピーを掲げ続けることは、今や少々うしろめたくなりつつある。

そんな一平は、二日後の島の夏祭りに埠頭の店先でよろず商売を営む両親を手伝うため「自主休講」して島に帰って来ていた。いつもの夏祭りなら手伝うまでもないのだが、今年は四十四年ぶり、一平にとっては生まれて初めて、島に文楽の巡業がやって来るのだ。

時の流れに取り残されたこの島が、たった一日とはいえ輝くその日、一平自身が島で何かを見つけることが出来なければ、サイトのコピーは考え直そう——一平はそう思っていた。

「……観自在菩薩《かんじざいぼさー》、行深般若波羅蜜多《ぎょうじんはんにゃーはーらーみーた》、時照見五蘊皆空《じーしょうけんごーうんかいくー》」

店の奥、仏間から母の読経の声が聞こえる。入江屋に客が泊まる日の朝、仏壇に手を合わせる

のは母の昔からの習慣だ。

間口の広い店の中央、タバコ屋のカウンターのように作られた『観光案内所』の窓口に座り、一平ははずしたメガネを拭きながらノートPCの起動を待っていた。

窓の外、正面に真っ直ぐに延びる船着き場の埠頭。

その果てには青い海と空が広がるばかり。

長閑《のどか》な景色の中にも、入江屋の店内にも、人の影も形もない。

カウンターの左を向けば『雑貨店』、右を向けば軒先までテーブルが並んだ土間の『食堂』。

それらのレジ業務、『民宿』のフロント業務――全てをこなすことが出来る、ここは便利な「番台」なのだ。

もちろん、客がいなければこなすことなど出来ないのだが……。

しかし今日、文楽一座の第一陣が島に到着するという。入江屋にも泊まりの客の予約がある。

何かと忙しくなるだろうその前に、昨晩スマホの転送で読んだ問い合わせに返事を書くべく、一平は起動したパソコンのメールソフトを起ち上げたのだった。

《この度は葦船島観光ページへのご訪問とお問い合わせ、まことにありがとうございます。

キャンピングカーで島内観光を予定されているとのことですが、フェリーが到着する『港』、島の南端『葦船神社』、島の北端『玉島寺《たましま》』、主要な三カ所を結ぶ道路はすべて舗装されており、道幅も充分にありますので車での移動にご心配はないかと思います（玉島寺近くにある崖の洞窟

『岩屋』への道は険しく、生憎車道は通っておりません）。

奇岩、イザナギ岩とイザナミ岩はそれぞれ葦船神社、岩屋の崖から見下ろせますが、もし船に乗ることが可能であれば、観覧船からご覧頂くこともできます。ご希望の場合はお気軽にご相談下さい。

島唯一の民宿、入江屋は古い建物のためバリアフリーの面では充分ではないかもしれません。しかし、私はじめ家族一同で最大限ご不自由のないようサポートさせて頂きたいと思っておりますので、宿泊をご検討の場合はなんなりとご相談下さい――》

と、ここまで書いて一平は指の動きを止めた。

キャンピングカーで来るというのだから、自分の車に泊まるつもりなのだろう。入江屋のバリアフリーのくだりは余計だったかもしれない。

車の外に出るのも困難という障害のある人が、わざわざキャンピングカーで横浜から葦船島に来てくれるのだという。島の観光をアピールする立場の一平にとって、こんなに有り難く、嬉しいことはない。

この野呂という質問者は、きっと、よほど文楽が好きなのだろう。

文楽も、島も、楽しんでもらえればいいのだけれど……。

車の駐車に関する問い合わせについても、早く確認してあげなければ――。

思いながら一平は顔を上げ、液晶画面から窓の外へと視線をすべらせた。

と、視界の左端、雑貨店のガラス戸の外に一人の老人が姿を現し、矍鑠《かくしゃく》とした足取りで観光案内所の前を横切った。

「おはようさーん」

老人は言いながら、開け放たれた食堂側、入江屋の土間へと入った。

白いきものに紫の袴——七十近い年齢のはずなのに生命力みなぎるその人は、まさに一平が駐車の件で話をするべき相手、葦船神社の生島《いくしま》宮司だった。

「あ、宮司さん。おはようございます」

まだ帰島の挨拶をしていなかった一平はあわてて立ち上がり、宮司に向かって頭を下げた。

「おー一平君、戻ってたんか。おかえり。——いつ戻ったんかいな?」

「昨日の夕方、最後の船で戻りました。……今からご挨拶に行こうと思ってたんですけど、あとさきになってしもて……すいません」

「いやいや、たまに戻って来てくれるだけで充分や。挨拶なんて気にしてくれいでもかまへん。……それどころか、戻ってくるのを知ってたら、港で旗振って迎えたかったくらいやで」

「……ありがとうございます」

「ところで、雪絵《ゆきえ》さんは? ……ああ……お勤め中かいな」

読経が聞こえる廊下の先に、宮司はちらりと目を向けた。

「呼んできましょか?」

「いやいや、そんなバチ当たりはせいでええ。一寸、待たせてもらおかいな」

辺りを見回し、宮司は近くの椅子を引いて腰を下ろした。

「今日は、どんなご用ですか？」

「いやさ——」入江屋の外、海に続く埠頭に宮司は目を向けた。

「もうすぐ文楽一行の第一陣が着くやろ？　その出迎えに来たんやけど、儂《わし》みたいな爺一人では申し訳ないから、別嬪《べっぴん》さんの雪絵さんにも顔を出してもらおと思たんや」

「そうですか。……そしたら、僕も一緒に出迎えさしてもらおかな」

「おお、そうかいな。そりゃええこっちゃ」

声色を整え、宮司はかみしめるように言った。

『海の向こうから来る人形は神さんの化身。悩める衆生を救ってくれる』——島の古い言い伝えによれば、これから来るのは神さんの化身や。大事に歓迎せぇへんとな」

「へぇ……」そんな言い伝え、一平は今まで一度も聞いたことがない。

一平は宮司に尋ねた。

「そんな言い伝えがあったから、昔、この島には文楽が来てたんですか？」

「え？　ああ、文楽が来てたことも、島がそれを歓迎してたことも、うちの神社の御祭神が人形芝居の守り神、百太夫の神さんやというのが大きな理由やろなぁ」

「へぇー。……でも、なんでこの島の神さんは人形芝居の守り神なんですか？」

「え？」

丸く目を見開き、宮司は一平の目をじっと見つめる。

「それは……儂にもさっぱり分からんわ」

ハッハッハッ——宮司は磊落《らいらく》に笑った。

宮司の笑いがおさまるのを待ち、一平は言った。

「……そういえば宮司さん、一件、神社関係の問い合わせのメールが来てるんです。体が不自由で、キャンピングカーで島に来るっていう人がいはるんですけど」

「ほう。それはできるだけ便宜を図ったげんとあかんな」

「神社の境内に、文楽の前日から駐車させてもらわれへんか、確認して欲しいって——」

一平はＰＣに向き直って受信メールを開き、駐車に関する部分を読み上げた。

「『文楽公演の前日から翌日まで、当方のキャンピングカーを葦船神社境内、芝居小屋の東桟敷の外側に駐車させては頂けないでしょうか？　当方の記憶では、小屋の東側にはお祭りの屋台も立たず……』」

「ん？」宮司の声に、一平は読むのを止める。

「一平君、その人は何歳や？」

「いや……それはメールに書かれてませんけど……。それが、なにか？」

「いや、君も知っての通り、今の島の夏祭りに屋台なんか出たりはせえへん。祭りに屋台が出てたんはそれこそ文楽が来てた頃、半世紀近く前の話や」

「——え？　僕はてっきり、『お祭りやのに屋台が出てない境内』って単純な話かと思ってました。昔は屋台が出てたんですか？」

「ああ。屋台も出とったし、泊まりがけの見物人も仰山来とったで」

「へぇー。……でもなんで、小屋の東側には屋台が立たなかったんです？」

「ああそれは、小屋が出来た明治の頃、芝居の上演時間は日の出から日の入りまでがお決まりやったらしい。せやから、照明替わりに日の光を取り込めるよう、小屋の東側は空けとく仕来たりになってたそうや。……まぁ、儂らの頃にはそんな早い時間からは演ってなかったけど」

「へぇー」

「四十四年前に文楽が島に来うへんようになってから、観光客の足は遠のいて、当然、屋台も出えへんようになった。せやから、そないな昔のことを知ってるのは、随分お年の人なんやろうと思たんや……」

「じゃあ、この人はお年のせいで体が不自由なんですかね……。車は、停めても大丈夫ですか？」

「ああ、かめへん。今度の芝居は昼からやから、車の影が問題になるなんてこともないやろう。文楽さんの方で何か問題があったとしても、車を停められる場所は境内に他になんぼでもあるさかい、問題あらへん」

「ありがとうございます。そしたら、そう返事しときます」

キーボートに指を載せ、しかし指を動かさず、一平は海を眺めて考え込んだ。

「けど、宮司さん――」遠く水平線を見つめたまま、一平は言った。

「文楽は、なんで島に来なくなったんですか？」

「え――？」

宮司の声が響いてしばらく、入江屋に沈黙の時が流れる。

一平は宮司の方に向き直った。

昏を結んだ宮司の顔には、わずかに暗い翳が差しているように見えた。


「――あら、宮司さん、お見えでしたの。おはようございます」

母の声が店に響いた。

土間より一段高くなった板の間の上、藍色の着物を着た母が笑顔で立っていた。

宿にお客が来る時、レトロな島の雰囲気を少しでも楽しんでもらおうと、母はいつも着物を着るのである。

「おお、雪絵さん、おはようさん」

明るい表情を取り戻し、宮司は椅子から腰を上げた。

母は宮司のテーブルに目を向ける。

「あらまぁ、お茶もお出しせぇへんで……。今、すぐ」

「いやいや、かめへん。もう、文楽の人らを出迎えなならん」

宮司は店の柱時計を見上げた。

「爺一人では気の毒やから、雪絵さんも一平君と一緒に出迎えてくれへんかいな？」

「あら？　文楽の皆さん、明日の到着やありませんでしたかしら？」

「お宅に泊まらはる芸人さんらはそうやけど、劇場の職員さんと裏方の人ら、昔みたいに神社の

広間に泊まってもらう第一陣は今日の到着やで。聞いてへんかったか……？」

「ああ――」母はぽんと手を叩いた。「たしかに、そうでしたわ。……うちにも久しぶりに泊りのお客さんが来るもんやから、つい、神社のお客さんのこと、忘れてしもてたわ」

口を押さえてほほほと笑い、母は正面に視線を向けた。

「……あ、ちょうど船が入江に入って来ましたわ」

一平と宮司も店の外に視線を向けた。

岬の陰から入江へと、フェリーがゆっくり姿を現しつつあった。

＊

白いバンとトラック――接岸したフェリーから埠頭に降りた二台に宮司は駆け寄った。

「ようこそー！　はるばるよう来てくれはりました！」

バンの窓が下がり、助手席の男が顔をのぞかせる。

「こんにちは。わざわざお出迎えいただいてすいません」

運転手や後部座席の人々はおそろいのTシャツ姿なのに、にこやかに挨拶する中年男性は一人ジャケットにネクタイを締めている。

助手席のドアを開け、男性はピカピカの革靴で島の埠頭に降り立った。

一平と母に視線を向け、男性は微笑んだ。

「お世話になります、文楽一座第一陣です。三日間、どうぞよろしくお願いします。……私は興行責任者、文楽劇場事業推進課の大野《おおの》と申します」

既に顔見知りらしく、宮司は親しげに男に話し掛けた。

「……いよいよですなぁ、大野さん。こないだ言うてはった調査の方は進みましたか？」

「ええ、まぁ……」

愛想笑いを浮かべ、大野は曖昧に応える。

「そうですか、そうですか」宮司も大らかに応え、入江母子に視線を向けた。

「こちらは技芸員の皆さんが泊まる宿『入江屋』の奥さんの雪絵さん。そして、入江屋の一人息子で島の『観光ホームページ』を作ってくれてる一平君。――普段は東京に住んでるけど、文楽で島が忙しくなると思うて、学校休んで帰って来てくれましたんや」

「そうですか、それは申し訳ないなぁ」

「いえ……にぎやかになる島を、僕も一目見ときたかったんで……」

一平の隣で母が明るく言った。

「皆さん長旅でお疲れやろうから、よろしかったらうちでお茶でも」

「ありがとうございます。……しかし、船の中で充分寛がせてもらいましたから、まずは道具を小屋に入れて、一段落したらご挨拶に寄らせてもらいますよ」

大野は宮司に向き直った。

「私の替わりに助手席に乗って、小屋まで誘導してもらえますか？」

「……それは勿論かめへんけど、大野さんはどないしはるんや？」

「私は後ろの席に——」

大野はバンに顔を向けた。

中の職員が後部のドアをスライドさせる。

開いたドアの中、車内の人々は愛想良く一平たちに会釈を送った。

＊

島内へと走ってゆくバンとトラックを見送り、一平は店内のカウンターに戻った。

装履《ぞうり》を脱ぎ、板の間に上がった母は振り返る。

「そういえば、今日うちに泊まるお客さんは、何時の便の船やったからしら？」

「え？　覚えてないの？　相変わらず暢気やなぁ……」

ほほほと母は笑った。

「この島で暮らしてたら、急いだり慌てたりする必要、全然あれへんもの」

「あ、そう」受け流してカレンダーを開き、一平は今日の日付をクリックする。

「……えーっと。一時の船で『海神様・二名』、五時の船で『木村様・一名』、合計三名二組様」

「ああ、そうやったわね。……そして明日は文楽の芸人さんらが大勢到着。ほんまに久しぶりの大忙しやわ。……こんな日に限って、坊主やなかったらええねんけど」

「坊主？」

ああ、釣りに出ている父さんの釣果のことか――。

「ほな、店番よろしくお願いね」

言い残し、母はいそいそと店の奥に姿を消した。

一平は姿勢を戻して窓の外に目を向けた。

埠頭の先、随分遅れて船から降りて来た一人の船客の姿が視界に入る。

「――？」

その姿に、一平は違和感を覚えた。

菅笠に金剛杖、おそらく背中に「同行二人」と書かれているのだろう四国遍路の白衣《はくえ》。

八十八カ所のお遍路さんのその格好が、しかし、違和感の理由ではなかった。

ゆっくりと、よぼよぼとした足取りで埠頭に降り立った遍路の口元にはマスク、目には大きなサングラス――その格好は、まるで肌を隠した透明人間のようだったのだ。

船員たちも船の上から不思議そうに客の背中を見送っている。

一平も目が離せず、こちらに向かってくる奇妙な遍路を見つめ続けた。ゆっくりと、遍路は『観光案内所』のカウンターに近づきつつある。

もしかすると、体調を悪くして困っているお年寄りかもしれない――。

案内所の窓を開け、一平はすぐそこまで近づいた遍路に声を掛けた。

「……こんにちは。何か、お手伝いしましょうか？」

声に驚いたように、遍路は歩みを止めた。

「……」

黙ったまま、遍路はこちらを向いて立っている。

手首には手甲、手には白い綿の手袋。あらためて近くで見ても、遍路の肌は寸分も露出していない。

しばらく続いた沈黙のあと、遍路は小さな声で言った。

「……この島に、泊まれる所は……ありますか？」

擦れ気味の低い声——どうやら男の声だ。

「一応、うちは民宿もやってますよ。お泊まりですか？」

「いや……。もう少し島の内……山の方には、ありませんか？」

「この島の宿は、今はうちしかありませんね……」

「そうですか……」

緩慢な動作で頭を下げ、遍路は島内《しまうち》の方に向かって歩き始める。

一平は思わず再び声を掛けた。

「あの……もしお手伝いできることがあったら、遠慮なく言って下さい。……お困りのことは、ないですか？」

「……」

歩みを止めた遍路はしばらくして小さく応える。

「ありがとう……大丈夫……」

漏路は再び島内に向かって歩き出した。

観光案内所のカウンターの前、入江屋雑貨店のガラス戸の外——ゆっくりと歩いてゆくその姿を一平は目で追った。

ガラス戸の端まで進み、奇妙な遍路は一平の視界から消えた。

二

エンジン音と波しぶきが大きく響くフェリーの屋上デッキ。

出発した淡路島の港より随分青さを増した海を眺める弦二郎の目の前、つば広の帽子が海風に乗ってふわりと舞い上がってきた。

「わっ……！」

思わず声を上げた弦二郎の隣、惣右介は手すりを片手にジャンプして、上手に帽子をキャッチする。藍色のサマージャケットの裾が柳腰にはためく。惣右介はいつもイギリスの高名な女性デザイナーの服を着ているらしいが、ファッションに無頓着な弦二郎は聞いたその名を覚えていない。

「——すいませーん。どうもありがとー！」

惣右介の着地と同時に、下の甲板から女性の声が響いた。

見下ろすと、赤いワンピースにサングラス姿の女性が手を振りながら叫んでいる。

「今、もらいに行きまーす」

そう言って、女性は弦二郎たちの視界から姿を消した。


「……惣右介くん、運動神経良いなぁ」

なんとなく言った弦二郎に、惣右介は「いやいや――」とはにかむように微笑む。

「どちらかと言うと、悪い方ですけどね」

「そうなんかなぁ。僕はめちゃくちゃ鈍くさいからなぁ。……僕からしたら、今のキャッチはスポーツ選手並みに見えたで」

「はぁ」

苦笑する惣右介の背後、階段を上って来た女性が姿を現した。

「捕まえてくれて助かったわー。どうもありがとー！」

言いながら駆け寄り、中年女性はサングラスを外して頭を下げた。

「いいえ、どういたしまして」

惣右介が差し出した帽子を女性は受け取った。

その顔を見て、弦二郎は思わず声を上げた。

「あ！　もしかして……三好英子《みよしえいこ》さん？」

女優と言っても通用するほどの華やかなその笑顔には見覚えがあった。彼女は関西ローカルのテレビ番組でしばしば見かける実業家にして美容研究家、三好英子だ。

「……ええ。ご存知いただいていて、どうも」

「あー！　やっぱりそうですかー」

根がミーハーな弦二郎は何となくのぼせ上がってしまう。そんな弦二郎の隣で、惣右介は穏やかに会話を続けた。

「ご旅行ですか？」

「いいえ、里帰りなんです」

「ああ、そうですか。……この時期にご帰省ということは、島の文楽もご覧に？」

「ええ、母がとても楽しみにしてましてね。観劇のお供のための帰省なんですよ」

ふーっ――と溜息をつくようなポーズを見せ、英子は冗談めかした口調で続けた。

「大阪に引っ越してきてくれれば、文楽なんていつでも観に行けるでしょうに、頑として島から離れようとしてくれないから……」

顎に指を添え、惣右介は微笑んだ。

「きっと、島に文楽が来ていた頃の思い出を大切にしていらっしゃるんでしょうね。……その頃のこと、三好さんも覚えていらっしゃいますか？」

「え？　五十年近く前のことを？」驚いたような表情を作って見せ、英子は笑った。

「まだ生まれてない……って言ったらウソになりますけど、まだまだ小さい頃の話だから、私は

何も。……でも、母はいつも言ってます」

　手すりにもたれかかり、英子は間近に迫った緑の島を眺めた。

「……文楽が来なくなって、島は輝きを無くしてしまった。……けど、文楽があった頃、文楽が島の宝だと気付いている人間はほとんどいなかった――って」

＊

「雪絵ちゃーん、ただいまぁー。お客さんご案内したわよー。……あら、一平君も帰ってたの？　久しぶりねぇー。元気にしてた？」

　三好英子の先導で、船から降りた弦二郎たちは港の民宿に到着した。

　英子はテーブルが並んだオープンテラスから土間に入り、店先のカウンター、パソコン画面に集中していたメガネの青年に顔を向けた。

　青年はハッとしたように顔を上げた。

「あ……英子さん、お久しぶりです。帰って来はったんですね」

　青年は弦二郎と惣右介に顔を向けた。

「いらっしゃいませ。……えーっと。海神さん、ですか？」

「ええ、そうです。四日間、どうぞよろしくお願いします」

「こちらこそ、よろしくお願いします。お出迎えに行こうと思ってたのに、つい集中しちゃって

……すいません」

「この子ね、この島のホームページを作ってくれてるんですよ。すごくセンスのいいページを作るから、何かご用があったら頼んであげて下さいね」

と、笑顔を向ける英子の背後、着物姿の婦人が小走りで板の間に現れた。

「あら！　英子ちゃん、おかえりなさい。お客さん方も、ようこそいらっしゃいませ」雪絵は壁にかかった柱時計を見上げた。「もうこんな時間やったのね……。お出迎え、し損なっちゃった」

「あらまぁ」英子は弦二郎たちに肩をすくめて見せた。「ここの母子は、ほんと、あきれた似た者同士ねぇ……」

英子は入江母子の顔を見比べ、カウンターの上に洋菓子店の紙袋を置いた。

「はい、おみやげ。お祭りの間、きっとお店忙しいやろうから、次会うのは文楽の時かしら？雪絵ちゃんも、観に行くんでしょ？」

「一平は行くけど……残念やけど、私は店番よ」

「あら、そうなの？　でも、あなた、遠足で淡路の人形浄瑠璃に行った時、一列目で居眠りしてたものね。無理することないわ」

「まぁ！」婦人はボールを投げるような身振りをし、袖で口元を隠した。「いややわぁ、そんな昔の話」

二人の女性は若々しく、まるで女学生のように笑い合った。

弦二郎と惣右介と一平——男三人はぽかんとして二人の様子を眺めた。

店を出る英子を見送り、雪絵は弦二郎と惣右介を二階の客間へと案内した。

黒光りする階段を上りながら、惣右介は雪絵の背中に声を掛ける。

「三好さんとは古いお知り合いなんですか？」

「ええ、島の分校の、たった二人の同級生なんですよ」

惣右介の背中越し、弦二郎も雪絵に声を掛ける。

「三好さん、大阪では随分人気者ですよ。お会い出来て、嬉しかったなー」

「マァ。そう言うてくれはったら、私も嬉しいわぁ」

微笑む横顔を見せ、階段を上がった雪絵は廊下を進んだ。

弦二郎の前、惣右介は天井や柱をきょろきょろと眺めて歩く。

「随分立派な建物ですね」

「旧幕時代は藩御用の船問屋だったそうで……歴史だけは立派なんです」

一間の前で立ち止まり、雪絵は襖を開けた。「どうぞ――」

惣右介と弦二郎は部屋に入った。

八畳一間に座卓が一台。両隣とは襖で仕切られ、窓の正面には海へと延びる埠頭が見える。

余計なものが何一つない、実に潔い和室だ――。

「……明日からの団体さんとの兼ね合いで、お部屋が限られちゃってごめんなさいね。いつもやったら、もっと広々と使ってもらえるんやけど……」

「いえ、いいんですよ。……僕らも観光しに来たわけじゃありませんから」

言いながら、惣右介は窓際へと進んだ。

「え？　じゃあ、何しにこの島に？」

顔を向ける雪絵への返答に困り、弦二郎は惣右介を見遣る。

しかし惣右介は我関せず、窓の外、波光きらめく青い海を眺めている。

弦二郎は素直に答えた。

「……実は、一日早く来た、文楽の技芸員なんです」

「まぁ、やっぱり！」

目を丸くして両掌を合わせ、雪絵は窓辺の惣右介に駆け寄った。

「どうも雰囲気が違うと思ってたの、私。……若手の太夫さん？　……人形の主遣いさんにしてはお若いから、もしかしたら顔を隠して舞台に出てる人形遣いさんなのかしら？　せっかく綺麗なお顔してはるのに、もったいないわねぇ」

雪絵と向き合い、惣右介はポカンとしている。

いたたまれなくなり、弦二郎は思わず謝った。

「すいません……。彼やなくて、僕のことなんです……」

「え？」

雪絵は目を丸くして弦二郎と惣右介の顔を見比べた。

言葉に詰まる雪絵に、惣右介はにこやかに言った。

「こちらは冨澤弦二郎さん。今回の『阿古屋』で三味線、琴、胡弓――『三曲』の大役を務める、文楽三味線方、若手のホープなんですよ」

「あら、まあ」雪絵は弦二郎に笑顔を見せた。「……道理で、雰囲気が違うと思ったわぁ」

＊

荷物を下ろして一息つき、弦二郎と惣右介は再び入江屋の店に降りた。

カウンターの中でＰＣに向かう一平の背中に、惣右介は声を掛けた。

「――精が出ますね」

一平は振り向いた。

一平の隣まで進み、惣右介はカウンター越しに語り掛ける。

「島に来る前、ホームページ拝見しましたよ。……とても素敵なページだと思いました」

「あ……。どうも、ありがとうございます」

照れたように、一平は俯く。

「一平さん……で良かったですよね？」

「はい、入江一平っていいます」

「僕は海神惣右介、雑文書きを仕事にしています。こちらは射手矢《いてや》弦二郎さん。冨澤弦二郎という名前で文楽の三味線を勤めています。――どうぞご贔屓に」

「ええ、うかがってます。母がさっき『文楽の人はやっぱり雰囲気が違う』って話してました……。こちらこそ、どうぞよろしくお願いします」

愉快そうに弦二郎と目を合わせ、惣右介は一平に向き直った。

「実は、僕たちが他の皆さんより早めに島に来たのには理由があるんです。四十四年前、文楽が最後に島に来た当時のことを知っている人に、できればお話をうかがいたいと思っていて。もしそんな人をご存知だったら、ご紹介頂けませんか？」

惣右介は丁寧に言葉を続けた。

「……ホームページの取材なんかで、もしかしたら一平さんは島のことにお詳しいんじゃないかと思いましてね」

しばらく黙って、一平は納得したように頷いた。

「生まれ育った島なんで、島の人のことはある程度知ってますよ。聞きたいのは、もちろん文楽の話ですよね？」

「ええ、そうです。当時の文楽の巡業についてです」

「じゃあやっぱり、劇場がある葦船神社の宮司さんかなぁ？　……僕も神社にお参りに行かなきゃと思ってたんで、よかったら、案内しましょうか？」

「それはありがたいな。お願いできますか？」

「ええ、じゃあご一緒に。……車で行きます？　散歩にします？」

「せっかくだから、少し歩いてみたいですね」

「わかりました」

一平は頷き、ノートPCの画面を閉じた。

立ち上がった一平に、惣右介は続けて言った。

「あ、あともう一つ……」

「はい？」

「この人を、島で見かけはしませんでしたか？」

スマホを取り出し、惣右介は文楽の技芸員紹介ページを開いて見せた。

「楠竹真悟という文楽の人形遣いの青年です。背格好は……」

惣右介に視線を向けられ、弦二郎は説明を引き受ける。

「背の高さ、体格、年の頃――ちょうど一平君と同じぐらいな感じかなぁ……」

しばらく写真を眺めたあと、一平は申し訳なさそうに正面の二人に顔を向けた。

「……すいません、実は僕も、昨日島に帰って来たばっかりなんです」

「ああ、そうでしたか……。これは当てが外れてしまいましたね」苦笑を浮かべ、惣右介は続けた。「負傷した顔を、彼は隠しているかもしれません。今、弦二郎さんがお伝えしたような年格好の男性を見かけたら、お知らせ頂ければ幸いです」

「顔を隠してる？」

一平は神妙な表情を浮かべた。

「何か、心当たりでも？」

「今日の一番船で、マスクとサングラスと手袋……肌を完全に隠したお遍路さんが一人……」

「えっ？」

弦二郎は思わず声を上げてしまった。

「あ、でも、よろよろと、辛そうに杖を支えに歩いてたから……。僕と同年代くらいというよりも、随分年配の人やったような……」

「その人は、どこに？」

「島内《しまうち》の方に歩いて行きました」

「島の人だったんでしょうか？」

「いや……宿のことを聞かれたんで、外の人やと思います」

「声や喋り方の感じで、何か他に判ることはなかったでしょうか？」

「マスク越しやったし、小さな声で途切れ途切れに喋ってたから……。男の人やったということ以外は何も……」

「そうですか……。確か、島の宿はこちらだけでしたよね？」

「そうです」

「今日、このあと島を出る船は？」

「五時に島に着く船が、五時半に島を出て終わりです」

「うん。なら大丈夫ですね。誰であれ、その人が外部の人間なら、船に乗るため、あるいは宿に泊まるため、その頃港に戻って来る可能性が高い。とりあえず五時頃、僕らも一旦ここに戻るこ

とにしましょう」

「けど、もし真悟君やないんやったら、そのお遍路さんは一体何者なんやろ？」

「さあ……。現時点では『正体不明のお遍路さん』としか言えませんね」

「あの――」一平が言葉を挟んだ。「その真悟さんって人、どうかしはったんですか？」

一平に顔を向け、惣右介は穏やかな口調で言った。

「……その件は、歩きながら弦二郎さんにお話ししてもらいましょう」

＊

島の外周に沿ってゆるやかなカーブを描く坂道、心地よい海風を受けて歩きながら、弦二郎は真悟失踪のあらましをかいつまんで説明した。

そもそも奇妙な話だけに、一平はいまいち事情をのみ込めない様子である。

「……まぁ、舞台裏も暗かったし、顔のことは僕の見間違いやったかもしれへんねんけど」

誤魔化すように弦二郎は笑った。

「ふーん。そうなんですね――」一平は真顔で頷いた。

「でも、早く見つけてあげられるといいですね」

あまりにもはっきりとした口調に、弦二郎は「ん？」と首を傾げる。

「だって、もしその人に文楽に戻りたい気持ちがあったら、早く見つかれば見つかるほど、戻っ

て来やすくなるんやないですか？」

「確かにそうやね。――ありがとう」

真悟の復帰を当然のように言ってくれる一平に、弦二郎は思わず頭を下げた。

「あ――」隣を歩く惣右介が小さく声を上げた。

弦二郎は正面に視線を戻す。

坂道のカーブの先、一人の尼僧が間近に姿を現していた。

墨染の夏衣に白い頭巾――老尼のたたずまいは品良く整っている。

「あ、御前様！」

笑顔を浮かべ、一平は尼僧に駆け寄る。

「あら、一平くん、お帰りやったのね」

「はい。ちょっと、家の手伝いに――」

一平は振り返り、あとに続く弦二郎たちに言った。

「……こちら、島の北にある玉島寺の御前様です」

一平は尼君に向き直る。

「……こちら、うちのお客さん、文楽三味線の冨澤弦二郎さんと物書きの海神惣右介さんです」

「ああ、そうですか。ようこそ、島へお越し」

「どうも、はじめまして――」

弦二郎たちが挨拶を交わし終えるのを待って、一平は尼君に尋ねた。

「宮司さんは神社にいはりました？」

「さあ……。私は芝居小屋の準備の様子を、ちょっと、客席から見学させてもらいに行ってただけやから……。生島さんとは会わずに、そのまま帰って来てしもたのよ」

ばつが悪そうに笑い、尼君は一平に質問を返した。

「今から、お店に寄ってお買い物してこうと思うのやけど、お母さんはいはるかしら？」

「はい。もし店にいなくても奥で用事してると思いますよ。……でも、よかったら後で配達しましょうか？」

「ううん。せっかく港に出る道を降りて来たから寄らせてもらいますわ――。おおきに」

胸元で掌を合わせ、穏やかな笑顔を残して尼君は坂を下りてゆく。

三人は振り返り、白い頭巾の背中に会釈を送った。

＊

明るい日差しを浴びながら上りきった坂道の上、背の高い木々で陰になった平地に弦二郎たちは到着した。

黒ずんだ石鳥居をくぐり、一平は言った。

「ここが葦船神社、向こうに見えるのが芝居小屋です」

境内の左手には、年季の入った木造の拝殿。

その正面には、拝殿と向き合うように作られた三角屋根の大きな建物——。

絵看板もまねきもない色褪せた板張りの建物は、それと知らない人には芝居小屋には見えないだろう。しかし、それはまさに弦二郎の知る古い『芝居小屋』そのものの形だった。

小屋の脇には文楽一座のトラックとバンが停められ、正面の木戸は開け放たれている。

第一陣の設営が既にスタートしている様だ。

「本当に、こんな立派な小屋が、この島にはあったんやなぁ……」

木漏れ日にうっすらと照らされる小屋と向き合い、弦二郎は茫然と呟いた。

しばし弦二郎の沈黙につきあい、一平は苦笑まじりに言った。

「宮司さんに会う前に、まずは芝居小屋の中を見てみますか？」


文楽スタッフたちのスニーカーがずらりと並んだ土間で靴を脱ぎ、三人は黒光りする板の間に上がった。

板の間を三歩ほど進み、弦二郎と惣右介は再び言葉なく立ち尽くした——。

舞台に向かって階段状に下がってゆく、桟で仕切られた枡席。下手側、こちらに向かって延びてくる飴色の花道。そのすぐ脇と反対の上手側、舞台と同じ高さでこちらに続く桟敷席。

桟敷には二階もあり、その背後から、まるで障子に濾過されたようなまろやかな白い光が客席に差し込んでいる——。

黙ったまま辺りを見渡し、惣右介と弦二郎は枡席の桟の間をゆっくり歩いた。

一平もあとに続く。

頭上の二階席が途切れ、高い天井が見上げられる位置まで進み、三人は立ち止まった。

「ほんまに、立派な小屋やなぁ……」

「この空間自体が、まるで芝居の舞台のようですね……」

呆然と呟く二人の背中越し、一平は舞台を眺めた。

舞台の上では大道具の設営が進んでいた。『遠山の金さん』や『大岡越前』――時代劇で見る「お白州」の場面に似たセットが、舞台いっぱいに組み立てられつつある。

道具を運ぶスタッフが弦二郎たちの姿に気付いた。

「あ、弦二郎さん！　お早いお着きですねー！」

「おー、後藤くーん、ごくろーさーん」

片手を上げ、弦二郎は舞台に向かって叫ぶ。

そのやり取りに気付き、作業中のスタッフたちはそれぞれの持ち場から「おつかれさんですー」と弦二郎に挨拶する。

後藤は道具を相棒に預け、舞台の上から客席にとんと飛び降りた。重心低く着地してスクワットするように身を起こし、桟の間をこちらに向かって走って来る。

弦二郎の目の前で立ち止まり、後藤はにこやかに言った。

「技芸部の皆さん、明日到着やなかったでしたっけ？」

「ああ、みんなはそうなんやけど、僕はちょっと、友だちと早めに来たんやよ」

弦二郎は惣右介に指先を向けた。

「こちら、古典芸能の研究と評論をしてる友人、海神惣右介くん。そして、そちらが僕らがお世話になる宿の息子さん、入江一平くん。……こちらは大道具の副主任、後藤直樹《なおき》くん」

紹介された三人はそれぞれ挨拶を交わした。

弦二郎は後藤に尋ねた。

「大野さんはどこかな？　一応、あの人には今日来ることは伝えておいたんやけど」

「ああ、大野さんなら舞台裏の蔵に籠って資料の調査をしてはりますよ。貴重な資料を発見して、補助金廃止の話題を吹き飛ばしたるんですって」

「ああ、それで巡業の随行にわざわざ名乗りを上げはったんやな。……何か、あてでもあるんかな？」

「さぁ……。でも、集中して探したいから、そっとしといて欲しいって」

「そしたら挨拶はあとにしよか……。ところで後藤くん、一つ聞きたいことがあるんやけど」

「はい、何です？」

「怪しいお遍路さんを見かけへんかったかな？」

「怪しいお遍路さん、ですか？」

「サングラスとマスクで顔を隠した」

「ああ！　あの、同じ船に乗ってた、船の端っこでずーっと海を見てた人――」

「そう、多分その人や。……この小屋に、姿を見せへんかったやろか？」

「いや、来てへんと思いますけど……」

腕を組んで考える後藤に、惣右介が続いて質問する。

「尼さんは来てましたか？」

「え？　尼さんですか？　たしかに来てはりましたよ。……ちょっと前まで客席に座って、僕らの作業を見学してはりました。他にもちょこちょこ何人かのぞきに来てくれてます。皆さん、文楽が島に戻って来たのを随分喜んでくれてるみたいで」

後藤は嬉しそうに言った。

弦二郎は再び尋ねた。

「人形の真悟も、来たりはせえへんかった？」

「え？　真悟？」後藤の声が裏返る。

笑っているような、怒っているような微妙な表情を浮かべ、後藤は言った。

「もしあいつを見つけたら、絶対に逃がしたりしませんよ。……このまま辞めるにせよ、戻って来るにせよ、こないだの償いはしてもらわんと筋が通りません」

＊

小屋をあとにして三人は社務所へ向かった。

応接セットの長ソファーを勧められ、弦二郎たちは宮司と対面した。

「昔から、うちの島は人形、文楽とは深ーいご縁がある。また巡業に来てくれて、ほんまに嬉しい限りですわ」

「ありがとうございます。僕らの方こそ久々に寄せてもらえて、ほんまに嬉しく思ってます。こちらの御祭神は、なんでも百太夫の神さんやそうですね」

社務所の窓から見える拝殿を見遣り、弦二郎は言った。

「そう。百太夫の神さんを主神に祀ってる神社は、多分、日本でうちだけですやろな」

誇らしげな表情を浮かべ、宮司は語り出した。

「百太夫の神さんというんは、そもそも西宮のあたりを根城にしてた傀儡子——人形遣いの集団が崇《あが》めてた神さんやったそうです。……けど、ある時、傀儡子たちは西宮から忽然と姿を消してしもた……。姿を消したその人らが淡路、阿波に渡って、それで、この地域は人形浄瑠璃が盛んになった——というのが、昔から言われてる定説ですな」

「文楽が使う人形の頭《かしら》も、ほとんど阿波の人形師が作ったものですからね。……ほんまに、人形と縁が深い地域なんやと僕らも思てます」

にこやかに応える弦二郎の隣、一平は「あ」と声を上げた。

「……その消えた傀儡子たちが淡路島から渡ったのは、実は阿波やなくて葦船島やった。だから日本でただ一つの百太夫さんの神社がある……そんなことはないですかね？　葦船島の人間は、だからみんな傀儡子の末裔……みたいな」

宮司は愉快そうに応じる。

「ホームページに載せる話題としては面白いかも知れへんけど、そんな説は、ちょっと聞いたことないなぁ……。文楽さんは、どう思わはりますか？」

宮司は弦二郎と惣右介の顔を見比べた。

「え……？」

答えに困り、弦二郎は隣の惣右介に顔を向ける。

全員の視線を一手に受け、惣右介は穏やかに微笑んだ。

「浪漫のある、面白い説ですね。この島に百太夫神社があるからには、少なくとも傀儡子の幾人かが渡って来たことに間違いはないでしょう。――ただ、定説通り傀儡子たちが阿波や淡路に散らばっていたとしても、この島に百太夫神社があることには、とても深い意味があると僕は思いますよ」

「ほう、それはどういうことですやろ？」

身を乗り出す宮司に惣右介は笑顔を向けた。

「宮司さんには釈迦に説法……いや、神社だから『神様に祝詞《のりと》』かな？　いや、神様には普通祝詞を捧げるものだから、この言い回しは違うなぁ……」

腕を組んでごちゃごちゃと言い直す惣右介の顔を、皆、ぽかんとして眺める。

「――まぁ、そんなことはともかく、百太夫の神様が西宮のえびす様に縁があるということに、考えの糸口があるのではないかと僕は思います。宮司さん……」

「ん？」

「こちらの神社でも、やっぱり百太夫様の相殿《あいどの》にはえびす様が祀られているんでしょうか？」

「ほう。仰言る通り、当社《うち》の配神さんは大国主命《おおくにぬしのみこと》と蛭子命《ひるこのみこと》——つまり大国さんとえびすさんですな。……それで？」

　宮司は興味深そうに話を促す。

　一平と弦二郎に説明するように、惣右介は語り始めた。

「古事記の『国生み神話』で最初に生まれる御子神、蛭子《ひるこ》。しかし、その骨のない子は葦の小舟に乗せられ、海へ流されてしまいます。胸の痛む、悲しい神話です……。しかし、海の向こうに流されたその神様は、海の向こうからやって来る神様のイメージとして復活を遂げます。海からの漂流物を祀ったのがそもそもの起源だという、海から来る神様『えびす』様……『ひるこ《蛭子》』と書いて『えびす《蛭子》』とも読むように、この二つの神様は海の向こうに『行って』『戻った』同一の神様だと考えられる……」

　一拍置いて、惣右介は続けた。

「そしてもう一柱、大国主の国造りを助けたという『少彦名命《すくなびこな》』……この、小舟に乗って海から来たという侏儒《こびと》の神様も『蛭子《ひるこ》』とイメージが重なります。……七福神の大国《だいこく》さま——つまり大《おお》国主《くにぬし》と『えびす』様がよく一対として祀られるのは、蛭子《えびす》さまが少彦名と同一神と考えられる故でしょう。つまり『えびす』という神様は『行く』にしろ『戻る』にしろ、海の向こうに御座《おわ》すわけです。……その『えびす』様と縁の深い百太夫の神様を、阿波、淡路から海の向こうのこの

島に祀るというのは、大変筋が通っていることのように、僕には感じられます」

弦二郎と一平はぽかんとして動かない。

宮司一人、満足そうに頷く。

「うん。なかなかの推理やな。海神さんは神社の息子さんなんかいな?」

「いいえ、帯屋の息子です」

惣右介は微笑んだ。

宮司も微笑み、言葉を返す。

「興味深い話を聞かせてもろて儂は大満足や。……けどそちらさん、何か聞きたいことがあってここに来た——そう言うてへんかったかいな?」

「あ……」丸く口を開け、惣右介は言った。「そうでした」


「当時のこと、と言うても、あの頃、儂は大阪に住んどったさかいなぁ……。いずれ島に戻って神社を継ぐことがはっきりしてたから、マァ、それまでのモラトリアムちゅうやつやな」

「じゃあ、文楽巡業の時、宮司さんは島にいらっしゃらなかったんでしょうか?」

「いや、あの頃の夏祭りには仰山人が来てたから、その時期だけ、島の手伝いに帰っとった」

「じゃあ、最後の文楽もご覧に?」

「いや、神社の行事や諸々の仕事で、結局観れずじまいやったな」

「そうですか……」

惣右介は顎に指を添えて俯いた。

「……でも、当時の話やったら、儂なんかよりも文楽の長老さんが詳しく知ってはるんとちゃうんかいな？」

惣右介から視線を送られ、弦二郎は会話のバトンを引き継いだ。

「いや……その時の床に乗ってた太夫がいるにはいるんですけど、床の上からでは見えへんかったことと、詳しく話してくれへんことがあって……。その……黒眼鏡を掛けた三味線の話なんて、当時、何か話題になったりはしてませんでしたかね？」

「黒眼鏡の三味線？　さぁ……儂の記憶にはないなぁ……」

「ほな、文楽以外の三味線を弾く芸人さんが、その時島に来てたとか……そんな話を聞いた覚えはありませんか？」

「文楽以外の三味線？　さぁ……」

しばらく考え、宮司は首を振った。

「そしたら、あの……」わずかに躊躇い、弦二郎は言った。「あの日亡くなった二人の事件について、何か、ご存知やったら聞かせてもらわれへんでしょうか？」

「あ、ああ……」

曖昧に呟き、宮司は黙った。

「事件？」

隣に並ぶ二人に顔を向け、一平は怪訝そうに言う。

声を低め、惣右介は宮司に尋ねた。

「……もしかして、話してはいけないことでしたか？」

ハッとして我に返り、宮司は小刻みに首を振った。

「いや、そういうことではないのやけれど……。もう古い話やから、あえて話題にする人間がおれへんというだけで……。せやから、きっと一平君は知らん話なんや……」

一平は身を乗り出した。

「事件って……島で何かあったんですか？　もしかしてそのせいで、島に文楽が来なくなった？」

「……」

宮司は黙る。

宮司と一平の顔を見比べ、惣右介は落ち着いた声で言う。

「よろしければ、僕から簡単にご説明しても？」

「……」

しばらく黙り、宮司は小さく頷いた。

「四十四年前、葦船島巡業の公演後、文楽の太夫、冨竹古宇津保太夫が元相方の三味線、冨澤段平さんを殺害し、自らも海に身を投げて自殺を遂げた。事件の動機はコンビの解消と復縁に関するトラブルであると考えられている……当時の新聞には、そのように書かれています」

惣右介は続けた。

「しかし、その記事に続報はなく、事件自体も『被疑者死亡により不起訴』として決着、捜査資料は今なお非開示のままです。……文楽の世界でもこの話題は長い間タブーとなり、現在、この件の詳細について知る人はほとんどいません」

惣右介は宮司を見つめた。

「――その日、島では一体何が起きたんでしょうか？」

「何……って。儂も、なんにも詳しいことは知らへん。知ってるのは、どこで、何が起こったかぐらいや……」

「どんな小さなことでも結構です。ご存知のことを教えて頂けませんか？」

「ん……」一瞬躊躇する様子を見せ、宮司は口調を早めて言った。「文楽の芸人さんらは神社と寺、二手に分かれて泊まってた。殺された人は寺に泊まってて、夜中、寺の日本刀で刺されて死んどった。神社に泊まってた殺した方は、三味線さんを殺した後、芝居小屋の楽屋の窓から、崖下の岩場に飛び降りて死んだ……。儂が知ってるのはそれだけや」

「犯行を目撃した人は、誰もいなかったんでしょうか？」

「さぁ……。夜中のことやったから、おらへんかったんとちゃうやろか」

「お寺には、当時のことを知っている人はいらっしゃいますか？」

「智恵《ちけい》さんも、祭りの手伝いに島に来てたと思うけど……」

「ちけいさん？」

首を傾げる惣右介に、一平が顔を向ける。

「さっきの、御前様のお名前です」

「ああ――」と頷き、惣右介は宮司に向き直った。

「玉島寺というのは尼寺なんですか？」

「いや、そういうわけやない。先代の住職、道昭《どうしょう》さんが万博の年に亡くなって、姪の智恵さんが戻って寺を継いだ――と、そういうこっちゃ」

「本山からではなく、肉親の方が跡継ぎに？」

「玉島寺はうちの神社の境内にあった元神宮寺。どこの本山にも属さん小さな私寺《しじ》やった。……けど、明治の廃仏毀釈で廃寺にされて、島の北端、玉島本家の屋敷の中に堂を移した。そやから寺の名前も玉島の家の名前と同じ、住職の法号も名前そのままの有職《ゆうそく》読みなんや」

「ゆうそくよみ？」

声を揃え、一平と弦二郎は惣右介に顔を向ける。

惣右介は二人に説明する。

「音読みで名前を読むことです。……木戸孝允《たかよし》をキドコウイン、原敬《たかし》をハラケイ――のように ね。相手の名前を直接呼ぶのを遠慮する、王朝的文化の名残ですね。……道昭《どうしょう》さんというご住職は、在家の頃は玉島道昭《みちあき》さん――とでもいうお名前だったんでしょうか？」

「ああ、その通り」

宮司は静かに頷いた。

惣右介はあらためて宮司の目を見つめた。

「ところで宮司さん、殺害された段平さんのご遺体に、何か異常はなかったでしょうか？」

「異常？」

「例えば、首が落とされていた――とか」

「……」

宮司は黙った。

他に言葉を発する者もない。しばらくの間、社務所に沈黙の時間が流れる。

部屋に響く時を刻む音に、宮司はハッと気づいたように柱時計を見上げた。

「……ああ、そろそろ勤めを始めななならん。一平君、あんじょうお客さんを案内したって」

ソファーから腰を上げ、宮司は戸口に向かって足早に歩いて行く。

「え？　宮司さん――」

一平が掛けた声に反応することなく、宮司は戸口の外に姿を消した。


三人は社務所を出た。

「なんだか、すいませんでした。いつもは宮司さん、あんな風やないんですけど……」

「いえ。むしろ極めて正直にお答えいただけたのだろうと、僕は思っていますよ」

申し訳なさそうに俯いて歩く一平に、惣右介は優しく言葉を返した。

弦二郎は疑問を口にする。

「けど、もし本当に首が切られてたなら、そんな事件の大ネタが報道されへんなんてことが本当

にありえるんやろか？」

「まぁ、普通はありえないでしょうね。しかし、時代や社会の状況によっては、絶対にないとも言い切れません」

「……」

弦二郎は立ち止まり、黙って惣右介の横顔を見つめた。

「あ──」ポケットに振動を感じ、弦二郎は思わず声を上げる。

スマートフォンを取り出し、弦二郎は画面を確認した。

「あ、大野さんからや。……ちょっと失礼」

「もしもし、弦二郎です」
《──あ、弦二郎さん！　大野です。もう、島に着きましたか？》
「はい、大野さんのすぐ近くにいますよ」
目の前の惣右介と一平に、弦二郎は笑顔を作って見せる。
《──ああ、良かった！　弦二郎さん、私、見つけてしまったんです！》
「見つけた？　何をです？」
《──いや……とにかくすごい新事実です！　詳しくは後でちゃんと説明します。ひとまず、取り急ぎお聞きしたいことが……。弦二郎さん、この島で殺されたっていう、冨澤段平さんの顔はご存知ですか？》

「え？　段平さん……？　まぁ、写真は見たことはありますけど……」

興奮気味の大野の声に、弦二郎はいささか戸惑う。

《今、その人の顔を見たら、彼だと判別出来るでしょうか？》

「え？　ちょっと自信はないけど……。でも、なんで？」

《――詳しくは後でお話しします。もしかすると、他にも仲間がいるかもしれない……。あとで、是非ご協力をお願いします！　とりあえず、またあとで――》

スマホを耳から離した弦二郎に、惣右介は怪訝そうに尋ねた。

「段平さんが、どうかしたんですか？」

「いや……。段平さんを見つけたかもしれへんから、僕に確認して欲しいって」

「え？　段平さんを？」

「それに、他にも仲間がいるかもしれへんって……」

「どういうことでしょう？」正面に見える芝居小屋に惣右介は目を向けた。

「……とりあえず、大野さんの所に行ってみましょうか」

再び戻った芝居小屋、弦二郎よりも早く、後藤が舞台の上から声を掛けてきた。

「あれ？　お早いお帰りですねー」

「舞台裏に行きたいねんけど、どうしたらいいやろかー？」

口元に手を添え、弦二郎は後藤に向かって叫ぶ。

「通り道は花道だけです。そこからどうぞー」

後藤は手にしたトンカチで舞台の下手、花道を示した。

花道から舞台に進み、三人は後藤の正面に立った。

「大野さんは、まだ蔵の中?」

「ええ、あれからずーっと籠ったままですよ」

「電話をもろたから、ちょっと顔出してみよかなと思て」

「そうですか。そしたら、舞台裏、楽屋廊下の一番上手の突き当たりが、そのまま蔵の入口になってます。ちょっと暗いですから、お気を付けて――」


舞台裏、小さな楽屋が五つほど並んだ廊下の突き当たりに漆喰《しっくい》の厚い扉が開いていた。

廊下と蔵の間に隙間はなく、廊下はそのまま蔵の入口へと続いている。恐らく、元々あった土蔵に接ぐようにして芝居小屋を建てたのだろう。

弦二郎を先頭に、三人は蔵に足を踏み入れた。

「……大野さーん。弦二郎ですー」

それほど広いわけでもないのに、しかし、大野の返事はない。

どうやら大野は一階にはいないようだ。

「上の階かな?」

弦二郎は惣右介たちと顔を見合わせた。しかし、もし上にいるのだとしても、返事がないのが気に掛かる。弦二郎の胸に厭な予感が走る。

「ちょっと、二階見てくるわ――」弦二郎は足早に梯子へと進んだ。

「大野さーん。いてはりますかー？」

言いながら梯子を上り、弦二郎は荷物の隙間を見渡した。

一階よりも狭い二階、探すまでもなく大野の姿はなかった。


「え？　そんなアホな。僕ら、ずーっと舞台の上で道具組んでましたから、あの人が外に出て行ったらさすがに分かりますよ」

設営中のスタッフたちを見渡し、後藤は舞台の中央で大声を上げた。

「誰かー、大野さんが通ったん見た人いるー？」

一瞬手を止め顔を上げ、スタッフたちは何も言わずに作業を再開する。

「……という事です。どっかに隠れてはるんとちゃいます？」

「そしたら、楽屋口から出てったんかな？」

「あ、それはないですよ」後藤はきっぱりと言った。「楽屋口と搬入口がある小屋の脇、長年使われてなかったから木が生い茂ってしもて、一切出入りが出来へんのです。……せやから大道具も人形も全部、正面の木戸から運び入れなあかんかったんですよ」

「そしたら、楽屋の窓から外に出た……とか？」

とんでもない――とばかりに後藤は首を横に振る。

「小屋の裏側は崖ギリギリに建ってます。もし、楽屋の窓から出たりなんかしたら、海にドボン……ですよ」

「あ――」一平は突然声を上げ、舞台袖の方へ駆けて行った。

弦二郎と後藤と惣右介――三人はその行方を目で追った。一平は花道の付け根辺りに立ち、ポケットからスマホを取り出している。

「なんや……電話かいな」後藤に向き直り、弦二郎は言った。「そしたら大野さん、調査に飽きて海に飛び込みでもしはったんかな？」

合掌した指先を下に向け、弦二郎は高飛び込みの真似をしてみる。

運動音痴が見せた下手なポーズに、後藤と惣右介は呆れた顔を見合わせた。


突然、一平の大声が小屋中に響いた。

「みなさん！　大変です！」

小屋の全員が一平に視線を向ける。

一平は蒼い顔で舞台の人々を見渡した。

「……大野さんが、崖下の岩場に倒れてるって」

「えっ！」

弦二郎は思わず声を上げた。

惣右介は早口で言った。

「電話は誰から？　大野さん本人からのＳＯＳですか？」

「いいえ、釣りに出てる父が船の上から見つけたって……」

「大変や！」後藤は叫び、楽屋に向かって駆け出した。

弦二郎と惣右介も急いで後藤のあとを追う。


一番手前の楽屋に駆け込もうとする後藤の背中に惣右介は早口で声を掛けた。

「窓のカギが閉まってたら、その部屋は転落の現場じゃありません！　窓に触らず、そのまま次の部屋を確認して下さい！」

振り返って頷き、後藤は楽屋に駆け込む。

十秒も経たず、後藤は楽屋から飛び出してくる。

「閉まってました、ここやないです！」

そのまま次の部屋に駆け込み、そして、すぐに廊下に戻る。

「ここでもない！」

駆けつけたスタッフたちも隣の楽屋、その隣の楽屋へと駆け込み、そしてすぐさま廊下に戻り出る。各部屋の前に立つスタッフたちは皆、首を左右に振っている。

「……開いてる窓はない？　じゃあとりあえず、窓を開けて確認しましょう！」

惣右介の言葉に呼応して、廊下の人々は中央の楽屋へ雪崩れ込んだ。

先頭の後藤は窓際の畳にしゃがみ、窓枠の捻じ込み錠を左へ左へと回し続けた。惣右介と弦二郎、スタッフたちは後藤の背後に立ち、背伸びして窓の外の海、崖下の岩場を見ようと試み続ける。

「開いた！」

後藤は叫び、窓を横にすべらせた。

人々は首を突き出し、崖下を覗き込む――。

「……」

ビルの五階ぐらいの高さだろうか？

眼下には波に洗われる岩場、そして、その突端にはまるでオベリスク《石柱》のような巨石が不気味な威容を誇っている。おそらくこれが島の景勝『イザナギ岩』なのだろう。

「……」

窓の真下、周囲の岩場。岩の狭間、波の隙間――弦二郎は一心に目を凝らし、大野の姿を探した。

しかし、どこにも大野の姿はない……。

「あの……」

背後で響く声に人々は振り返る。

遅れて来た一平が楽屋口に呆然と立っていた。

囁くように一平は言った。

「違うんです、大野さんは、この崖下やなくって――」

一平は舞台の方を指さした。

「……島の反対側、イザナミ岩の傍に倒れてるそうなんです」

三

港は騒然となった。

入江屋の船が乗せて帰った大野の遺体。自転車で駆け付けた島の駐在。そして、間もなく到着した兵庫県警の高速艇。

騒然――と言っても、都会のように大勢の野次馬が集まったわけではなかった。

弦二郎たち文楽関係者と惣右介、そして入江家の人々が埠頭に立ち尽くし、一連の出来事を見守り続けただけのことだ。しかし、青い空の下、長閑《のどか》な港に顕れた一つの「死」は、弦二郎の心を騒がせ、島全体の景色を不穏に塗り替えるのに充分なものだった。

高速艇に乗せ換えられ、大野の遺体は島を去った。

替って島に降りた刑事たちは二手に分かれ、片や一平の父の船に、片や一平の車に乗り、岩場と崖、それぞれの現場へと去って行った。文楽の面々は特に聴取されることもなく埠頭にとり残

された。

後藤は弦二郎に声を掛けた。

「……会社には、僕から連絡入れようと思います。これからのこと、上がどう判断するか分かりませんけど、とりあえず僕らは小屋に戻って予定通り準備を続けます……」

「うん、そやな……」

神妙に頷き、弦二郎は惣右介に顔を向けた。

「僕らはどないしよか？　大野さんが姿を消した蔵の状況、確認しに行った方がええかな？」

「いいえ、それよりももうすぐ今日最後の入船《いりふね》、出船《でふね》の時間です。例のお遍路さんに会える可能性が高いここに、僕らはいるべきでしょう」

「あ、ああ……。そうやな」

たしかに、遍路の件は重要ではある。しかし、大野が芝居小屋から姿を消した不思議を不思議と思っていない様子の惣右介に、弦二郎はわずかに違和感を覚えた。


後藤たちと別れ、弦二郎と惣右介は入江屋の部屋に戻った。

窓の桟に肘を掛けて向き合って座り、二人は窓の外、やや日差しが弱まった港の景色を黙って眺めた。

集まっていた人々がいなくなり、港は元の長閑な港に戻っている。

しばらく静かな景色を眺め続けたあと、弦二郎は遠慮がちに言った。

「僕の考えを、ちょっと話してもええかな？」

頬杖をついたまま、惣右介はちらりと弦二郎を見遣る。

「ええ、どうぞ」

「今日の宮司さんの反応からしたら、段平さんの死体は本当に首が切られてたのかもしれへん。そして大野さんは電話で、段平さんとその仲間を見つけたって言い遺した。……ということは、実は首なし死体は段平さんとは別人で、段平さんは今でも生きてる――そういうことなんとちゃうやろか？」

惣右介は黙って聞いている。

弦二郎は続けた。

「四十四年ぶりの文楽巡業。遍路姿に身をやつして、段平さんは葦船島に戻って来た――相方のいいいいいいい、あおはだゆうとともに……」

「いいいいいい、あおはだゆう？」

窓際の陽だまりで、惣右介は首を傾げる。

「あ――」そういえば、惣右介にまだこの件は話していなかった。

伊勢太夫の話を思い出しながら、弦二郎は惣右介に語った。

「段平さんは当時、あおはだゆうという素浄瑠璃の太夫と組んで、旅回りの仕事をしてはったらしいんや。事件の日、古宇津保太夫は段平さんに『段平さんの奥さんとあおはだゆうは不義をしてる。そんな連中とは縁を切って自分の相三味線に戻って来い』と詰め寄ってたらしい。……そ

して、あの日、あおはだゆうもこの島に来てた節があると、伊勢師匠は言うてはった――」

「ふーん……」窓の外に顔を向け、惣右介は言った。

「あ、船が入って来ましたよ」

＊

埠頭に接岸した連絡船から乗客が降りてくる。

所用を終えて帰島した島のお年寄りたち――という雰囲気の人々の中、ハンチング帽を目深に被った老人の姿が弦二郎の目に留まった。

「あれ、伊勢師匠やないかな？」

弦二郎は惣右介に顔を向けた。惣右介も入江屋に近づくハンチング帽を凝視する。

「本当ですね。伊勢太夫さんも今日島に入る予定だったんですか？」

「いや、皆と一緒に明日来るもんやと思ってたけど……。大野さんのことを聞いて、駆け付けはったたんやろか？」

「それにしては早すぎるんじゃないですか？　それにあの落ち着いた足取り……きっと、大野さんの件はまだご存知ないんじゃないでしょうか？」

伊勢太夫は窓の下、階下の店先に姿を消した。

弦二郎は惣右介に向き直った。

「もしまだ聞いてはれへんかったら、大野さんのこと、伝えなあかんな……。どうしたらええやろ？」

「今すぐ、伝えに行った方が良いでしょうね。お遍路さんの件は僕に任せて下さい」

「うん、わかった——」

弦二郎は立ち上がった。


「——あれ？　弦二郎君やないか？　君も、早うに来てたんやな……」

丁度宿帳を書き終え、伊勢太夫は老眼鏡を外しながら板の間の弦二郎を見上げた。

カウンターの中、雪絵は神妙な表情で二人の顔を見比べている。

「伊勢師匠——」

続く言葉を見つけられず、弦二郎は板の間の縁に立ち尽くした。

「どないしたんや？　えらい恐い顔して」

「……」

しばらくして、ようやく重い口が動く。

「大野さんが……亡くなりはりました」

「え？」太夫の眉間に皺が寄る。

絞り出すように、弦二郎は言葉を繋いだ。

「島の北の岩場に落ちて……。今、崖と岩場に、警察の人がそれぞれ検証に行ってはります」

「えっ……それ、ほんまか……」

「はい、ほんまです……。僕と、制作の皆で、ご本人やと確認しました。ご遺体は、警察の船で淡路島に……」

「……」

顔色を無くし、伊勢太夫は立ち尽くした。

しばしの沈黙を挟み、弦二郎は尋ねた。

「けど師匠、なんで、一日早く島に？」

「ああ……」天井を仰ぎ、伊勢太夫は茫然として応えた。

「私《あて》はその昔、この島で尋常やない体験をした……。少し早めに慣らしとかへんかったら、とても舞台は勤まれへん……そう思て早く来たんや。それやというのに、この島で、また文楽の人間が死んでしもたやなんて……」


しばらく一人にして欲しい――そう言い残し、伊勢太夫は二階の部屋に姿を消した。

立ち尽くして階段を見上げる弦二郎の背後、入江屋の土間を踏む乾いた足音が響いた。振り返ると土間の入口、一平と二人の刑事が立っていた。

「あ、一平君……。お帰り」

一平に言い、弦二郎は刑事に向かって会釈した。

隣の刑事に顔を向けられ、一平は弦二郎を紹介をする。

「うちのお客さん、文楽の冨澤弦二郎さんです」

「ああ、大野さんの最後の電話を受けたっていう……」

言いながら、刑事は弦二郎に向き直った。

「少し、お話を聞かせてもらってもいいですか？」

「ええ、もちろんです」

弦二郎は頷いた。


土間のテーブルで向き合い、弦二郎は若い刑事の問いに答えた。本名、住所、職業、電話を受けたことの確認——テンポよく質問が進み、問いは電話の内容に至った。

「冨澤段平さんを見つけたかもしれへん……もしかしたらその仲間も……。本人かどうか、あとで確認に協力して欲しい——そう言うて大野さんは慌てた様子で電話を切らはりました」

「冨澤段平さん、というのは？」

「四十四年前、この島で殺された文楽の三味線弾きです」

若い刑事は隣の刑事と顔を見合わせた。

弦二郎に向き直り、刑事は言った。

「大野さんは、その……最近何か悩んだりはしてませんでしたかね？」

「え？　もしかして刑事さん、大野さんは自殺やとでも言わはるんですか？」

「いやいや……そういうわけじゃないんです。状況としては、滑落事故と考えてほぼ間違いない

と思われます。……しかし、亡くなる前『死んだ人に会った』と言うのは、まぁ……その可能性もほんの少し感じさせなくもないかなぁ、と」

「いや、刑事さん、実は段平さんは、もしかしたら死んでへんかもしれへんのです。情報が少なくて詳しくはわからへんのですけど、段平さんの死体は、もしかしたら、首を落とされてた可能性があるんです。せやから、その首なし死体は別人で……」

「いやいや――」首を左右に振り、刑事は愛想良く言った。

「その手のお話は、文楽の舞台の上でどうぞ」

「いや、そうやなくて……。刑事さん、ご存じありませんか？　この島の、四十四年前の殺人事件のこと」

刑事は年配の刑事に顔を向ける。

「……知らへんなぁ」隣の刑事は首を横に振った。

弦二郎は焦って口を開く。

「じゃあとりあえず、段平さんのことはおいといて……大野さんは、その……鍵が閉まって、人の目もあって、出られへんはずの芝居小屋の密室の中から消えて……」

「ですから――」弦二郎の言葉を遮るように、若い刑事は愛想良く言った。

「……その手のお話は、是非、舞台の上で」

＊

結局、謎の遍路は港に姿を現さず、最終船は刑事たちだけを乗せて島を去った。

船を見送ったあと、弦二郎は後藤からの連絡を受けて再び芝居小屋に向かった。関係者全員が集められた客席、公演は中止しない旨、会社の決定を弦二郎は聞かされたのだった。

ミーティングが終わったあと、その間に蔵を調べていた惣右介と合流すべく、弦二郎は舞台裏へと向かった。

薄暗い楽屋廊下から蔵へ入る。格子窓から夕陽が差し込む蔵の中、しかし、惣右介の姿はない。

大野のように、惣右介も蔵から消えてしまった？——弦二郎の胸に微かな不安がよぎる。

「惣右介くーん、おるー？」

「はーい。上ですよー」

よかった、消えていなかった。

「何か見つかったー？」

弦二郎は梯子の上を見上げた。

「ええ、一つ気になるものがあります。上がって来ますー？」

惣右介は蓋のない木箱の前で腕を組んで立っていた。

惣右介の隣に立ち、弦二郎は箱の中を覗き込む。五十センチ四方くらいの容積、その中身はか

らっぽ――。

「この箱が、どうかしたんか？」

「ええ……。この箱だけ、蓋がないんですよね」

「それが、どうかしたんかいな？」

「箱の底にはほとんど埃が溜まっていません。つまり、最近まで蓋は閉じられていたと考えられます。しかし、蔵の中どこを探しても、この箱の蓋だけが見当たらない……」

「それには、どんな意味が？」

「意味？」惣右介はきょとんとして弦二郎の顔を見た。「あえて『意味』と言うなら『もしかすると、これは謎のパーツの一つかもしれない』ということぐらいでしょうか……」

「ふむ……」

神妙に、弦二郎は箱に顔を近づけた。

「まぁ――」惣右介は軽やかに言った。

「この箱自体には、大した意味はないでしょうけどね」


日が暮れた。

入江屋に戻った弦二郎たちは自室で一息つき、しばらくして伊勢太夫の部屋の前に膝をついた。

「師匠、弦二郎です。お加減はいかがですか？」

長い間を置き、襖の向こうから老師のか細い声が響く。

「ああ、少しは気ィも落ち着いた……。皆の所に行かれへんで、堪忍やったで」

「少し、お話ししたいことがあるんですが……。ちょっと、お邪魔させて頂けませんでしょうか？」

「あ、ああ……。一寸待ってや」

襖越し、布団と畳の擦れる音が聞こえる。客を招き入れるため、床を上げているようだ。

「どうぞ――」しばらくして声が響く。

弦二郎は静かに襖を引いた。


「こちら、僕の幼なじみ、実家《うち》が糸を納めてる織元の息子さんで劇評家の海神惣右介君です」

座卓を挟み、弦二郎は隣の友人を老師に紹介した。

「それはそれは……。お初にお目にかかるのに、こないな格好でお恥ずかしい。富竹伊勢太夫でございます」

寝皺を伸ばすように袖口を引き、伊勢太夫は頭を下げた。

「海神惣右介と申します。浄瑠璃、いつも拝聴しております。お塞ぎのところお邪魔して、大変申し訳ありません」

互いの頭が上がったのを見計らい、弦二郎は静かに口を開いた。

「……実は、真悟の行方やら色々なことを僕は彼に相談してて、それで今回一足先に、一緒に島に来てもろたんです」

老師は黙って聞いている。

弦二郎は続ける。

「今日、芝居小屋の蔵に籠った大野さんから電話があって、僕らは小屋に会いに行きました。けど、大野さんの姿はそこになく、島の反対側の崖下で亡くなってはりました。大野さんは最後の電話で言わはったんです――『段平さんと、その仲間を見つけたかもしれへん』て」

「……」

伊勢太夫は黙っている。

弦二郎は続ける。

「顔を隠した遍路が今、一人島に渡って来てます。……もしかしたら、その遍路は段平さんか、その仲間のあおはだゆうなんやないか？　……大野さんは、もしかしたらその人らに殺されたんやないか？　……なんとなく、僕はそない思てます。師匠――」

弦二郎は身を乗り出した。

「真悟が姿を消して、その上、大野さんまでこんなことになってしまいました――。四十四年前、この島で何があったのか？　あの日殺されたんは本当に段平さんやったのか？　その時の話を聞かせてくれはりませんか？」

「……」

伊勢太夫は黙り続ける。

弦二郎は嚙み締めるように言った。

「……あの日、師匠は見たんやないですか？　首が落とされた、胴体だけの死体を」

思わず――そんな風に、伊勢太夫は顔を上げた。

「いや、違う――」

はっきりと否定の言葉を口にし、そして、再び太夫は沈黙する。

「……」

弦二郎と惣右介は黙ったまま待ち続けた。

しばらくして、太夫は観念したように言った。

「あんさんは勘違いをしとる……。たしかに、段平さんの首は切られとった。……けど、私《あて》が見たんは『首なしの胴体』なんてもんやないのや。私《あて》が見たんはな、あの小屋の客席、最前列の枡の桟に置かれた、血まみれの、段平はんの『生首』なんや」

遣い手を失った文楽人形のように、伊勢太夫は肩を落とした。

普段漂う名人の威厳や風格――そういったものを一切失い、老師の姿は気の毒なほど萎《しお》れてしまった。あまりにも痛々しいその気配に、弦二郎は続く言葉を見つけられない――。

しばらくして、惣右介が穏やかに口を開いた。

「どういった状況で、師匠はそれをご覧になったんでしょうか？」

「……」

惣右介に顔を向け、老人は呆然と応えた。

「公演の翌朝早く……出発前の確認に、客席の責任者やった私《あて》は木戸の方から小屋に入った。薄

暗い客席の最前列、血まみれの桟の上に、こっちを向いて、それはあった……」

「人形の首ではなく、それは、間違いなく本物の生首だったんでしょうか？」

「ああ、間違いない。私《あて》も最初は偽物かと思《おも》た。……せやから、確かめるためすぐそばにまで近づいた。間違いなく、本物の段平はんの首やった――。穏やかな形相やったけど、今もしっかり目に焼き付いて、今でも夢でうなされる……。生首なんて芝居の中だけで充分や。本物の生首なんて、人は絶対見たらあかん――」

「……」

しばしの沈黙を挟み、惣右介は言った。

「しかし、それほど猟奇的な事件の要素が、どうしてここまで秘密にされ続けてきたんでしょうか？」

「ああ、それはなあ……」

太夫としての誇りを取り戻すかのように、老師はわずかに背筋を伸ばした。

＊

……首を見つけてすぐ、私《あて》は神社の広間に駆け込んだ。

巡業の責任者やった興行師の松本《まつもと》さんという人を起こして、私《あて》は目にしたことを説明した。

古宇津保はんと段平はんのいざこざは周知のこと。松本さんはすぐに事情を察しはった。

鬼のような形相で、松本さんは私《あて》に言わはった。

『せめて斬首のことだけは、絶対に、話が広まるんを食い止めなならん。自分が諸々連絡するから、お前は小屋の出入り口全部に鍵掛けて、絶対人を入れんように見張っとれ――』

言われた通り、私《あて》は小屋に戻って番をした。

しばらくして神社から、松本さんの助手というか、舎弟というか、そういう立場やった人が毛布を持って飛び出して、『三輪会』の宿、玉島寺の方に走って行った。

生首を隠したいんやったら、首のない胴体も隠さなあかんさかいな……。

それからの展開はびっくりするほど速かった。一時間もせんうちに大勢の警察が島に来て、あっという間に小屋の検証と片づけを終わらせた。寺は寺で、警察が来たのもわかれへんかったぐらい、静かに、早く、諸事片付けられたそうや。

日が昇って、古宇津保はんの死体が小屋の裏の崖下で見つかって、そしてようやく、島に騒ぎは広まっていった――。

第一発見者として、私《あて》はそのまま神戸の警察署に連れて行かれた。

けど、事情聴取は一向に始まらへん。

殺風景な取調室で、たった一人、何時間も待たされ続けた。

今でも思い出しとうない、気色の悪い、長い長い時間やった。

そして夕方、ようやく部屋に人が入ってきた。――けど、それは警察の人間やなかった。

その人は、古宇津保はんを贔屓にしてた大阪の政治家……まぁ、この人の名前は今更言う必要もないやろう……その人の秘書やと名乗らはった。

その人は、淡々と私《あて》に語らはった。

『……東京オリンピックも大成功、二年後には大阪万博も控えてる今、国は死に体の文楽を「伝統芸能」として保護、保存してやろうと動き始めてくれてる。それやというのに、当の文楽の芸人に人殺し……しかも死体の首を切るなんて低俗で猟奇な事件を起こされたら、担当の役所にも、動いて下さってる政治家の先生方にも、ひいては国家にも、大きな迷惑を掛けてまう――。さすがに、うちの先生のお力をもってしても、警察が介入済みの殺人事件を無かったことには出来ん。けど、首切り――「猟奇」の部分だけなら、何とか隠すことは出来るかもしれへん。三面記事の見出しにさえならへんかったら、離れ小島で起きた芸人同士の喧嘩なんて、世間様は気にも留めんしすぐに忘れる。……諸事、我々に任せてくれたらええ。決して悪い様にはせえへん。君はただ、「生首」を見たことを一生黙ってさえいてくれたらええ。どうや？　君の芸人生命を懸けて、約束してくれるか――？』

約束……とその人は言わはった。けどそれは約束なんかやなかった。命令、威圧、脅しや――。

正直言うてな、私《あて》は怖うて怖うて堪らんかった。そんな大きな力を前にしたら、芸人の命なんて塵より軽い。下手したら、自分が犯人に仕立て上げられることもあるかもしれん……。

我が事ながら情けない。それが怖うて今の今まで、私《あて》は黙り続けてきたのや……」

＊

再び顔を伏せ、伊勢太夫は黙った。

しばらくして、惣右介は慎重に口を開いた。

「師匠は当時、事件の真相をどのようにお考えだったんでしょうか？」

俯いたまま、伊勢太夫はか細く応えた。

「……事件そのものは警察が発表した通り、古宇津保はんが段平はんを殺したものやと、私《あて》もずっと思とった。いや、思おうとし続けてた。けど、こないだ弟子にノートを見せられて、私《あて》の心の霧は晴れた。あの事件の犯人は、やっぱり古宇津保はんやなかったんや……。段平はんと同じく、きっと古宇津保はんも殺されたんや。段平はんの悪妻と、不義の相手の葵巴太夫に……」

「そのあおはだゆう……というのは、一体どんな字を書くんです？」

「三つ葉葵の『葵』――三つ巴の『巴』――」

「どういった経歴の方なんでしょう？」

「段平さんと組んでた旅芸人ということ以外は何もわからへん。私《あて》ら文楽の人間は結局、誰一人会えずじまいやった」

「なのにどうして、古宇津保さんは二人の不義を言い立てたんでしょうか？」

「ああ、それは――」伊勢太夫は遠くを眺めるようにして言った。「大阪の造幣局、桜並木の通り抜け――葵巴太夫が花見に来てると聞きつけて、対面しようと出掛けて行った古宇津保はんは見たそうや。段平はんの嫁はんと葵巴太夫のただならぬ様子を」

「どういうことなんでしょう？」

「さぁ……古宇津保はんがそう言うてたんを聞いただけで、私《あて》も詳しい話は知らん。けど……」

伊勢太夫は座卓の縁に両手を置いた。

「葵巴太夫のために、もし政治の力が動いたんやとしたら……。古宇津保はんが人殺しの罪をなすり付けられたんやとしたら……。あの葵巴太夫という男には一体、どれほど大きな後ろ盾が付いてたのか――」

太夫はじっと宙を睨んだ。

「考えるだに、恐ろしいこっちゃ……」

四段目 三曲の段

一

〽 母《かか》さん　母《かか》さん　ここ開けて……

合邦の庵室。門口に立つ玉手御前の声が聞こえたような気がした。


ハッとして、弦二郎は目を開いた。

そこは入江屋二階の客室、一夜が明けた葦船島二日目の朝。

窓からは夜明けの光が差し込み、隣の布団には浴衣の惣右介が大の字で眠っている。

襖の向こうから声は聞こえたような気がして、弦二郎はじっと襖に目を向けた。しかし、人の気配はそこにはない。

詞《ことば》も、口ぶりも、芝居の玉手御前の調子だったから、やはり今のは夢だったのだろう。

しかし、寝起きの夢の実感はまたたく間に消え失せる。最前聞いたその声が、女の声だったのか、あるいは男の太夫が作る声色だったのか、もう、すでに思い出せない。

太夫の語りだったような……そんな気はする。

しかし、それが誰の声だったのか——最早全く判らない。

伊勢太夫だったのか、長谷太夫だったのか、それとも他の、見知らぬ太夫だったのか？

葵巴太夫……多くの謎に包まれた太夫の名が、布団の中、弦二郎の心に浮かんだ——。

＊

今日、昼の船で文楽の演者たちが到着する予定である。

午後には皆揃っての通し稽古の予定があるため、弦二郎が惣右介とともに行動出来る時間は少ない。早々に身支度を済ませ、弦二郎たちは昨日行きそこねた島の北側へ一平の運転で向かった。

島の南と比べて樹木の少ない、岩肌が見えがちな斜面を走り、小さなお堂がある十字路の路肩に一平は車を停めた。

「ここが島内の北の車道のてっぺん、『地蔵の辻』という所です。左に少し進めば玉島寺、右側、山に向かっていく道は最短距離で葦船神社に行ける林道です。そして、お堂脇の石段を少し

降りれば、イザナミ岩を見下ろす崖、弁天鼻の上に出ます。……さて、どうしましょう？」

惣右介は後部座席から身を乗り出して応えた。

「まずは大野さんの転落現場と考えられる崖に行ってみたいと思います。そして、お寺を訪問させていただきましょう。それから——」

一拍置いて、惣右介は言った。

「三好英子さんのお母様にお会い出来ればと思うのですか……」

「え？　三好さんのおばあちゃんですか？」意外そうな声を上げ、一平は応えた。「島内の『ミヨシ理髪店』がお家ですから、あとでご案内します。……じゃあ、とりあえずそんなコースでいいですか？」

「はい、よろしくお願いします」


堂脇、岩場に作られた石段を下り、弦二郎たちは海に突き出す岬の上に到着した。

昨日大野が死んだ場所だと思うせいか、崖から見下ろす海は冷たく淋しげに見える。崖の縁から真下を向けば波に洗われる岩場、その突端には独特な形の大岩が見えている。

揃って海に合掌し、しばらくして一平は言った。

「あれがイザナミ岩です。上からだとちょっとわかりにくいんですけど、海から見ると、こう……横たわった女神さまのように、なだらかな形をしてるんです」

岩に向けた指で、一平はふたこぶらくだのようなラインを描いて見せる。

「あの脇に、大野さんは横たわっていた……」

独り言のように呟き、惣右介はきょろきょろと辺りを見渡す。

「岩屋というのは、この近くなんでしょうか?」

「ああ、岩屋は――」縁に近づき、一平は覗き込むように崖下を見下ろした。「この足元の二メートルほど下、断崖に掘られた小さな洞窟なんですよ」

惣右介も縁ギリギリから見下ろす。

高所恐怖症の弦二郎は黙って二人の背中を見守る。

「見えませんね……」

「あの出っ張りから岩伝いに降りて行けば、入口までは行けますよ。……鉄格子の扉に鍵が掛かってて、中には入れないですけど」

「岩屋の中はどうなっているんでしょう?」

「弁天様の石像があるそうです。昔は山伏さんのお籠りの修業に使われてたらしいですけど、今はもう……。危険だからずっと鍵が閉められたままですね」

「ふーん。どちらが管理を?」

一平が示した降り口に近づきながら、惣右介は言った。

「お寺の管理みたいですけど……え?……海神さん、降りるつもりですか?」

「ええ、ちょっと」

とても道とは言えないような岩の出っ張りに、惣右介は慎重に足を下ろし始めた。

見ているだけでも目が眩みそうな情景に、弦二郎は息を呑む。

「惣右介君、気ぃ付けてや……」

「ええ」

軽やかに答え、惣右介はゆっくりと崖の下に消えて行った——。

遠く、波の音しか聞こえない。

弦二郎には、とても長い時間に感じられた。

しばらくして、惣右介は崖の上に戻った。


「……たしかに、鍵は閉まったままでしたね。人が隠れているような気配もなかった」

二人の顔を見比べるようにして、惣右介は続けた。

「足場はかなり危険でした。革底の靴なんかを履いていたら、簡単に滑ってしまうでしょうね。ここから滑落したという視立ては、まぁ、間違いないんでしょう」

「え？」弦二郎は思わず声を上げた。「でも、大野さんは芝居小屋の舞台裏にいたはずで……。その『密室』の中から消えた謎は一体……」

「密室？」不思議そうな声を上げ、惣右介は少しの間沈黙した。

しばらくして、惣右介は納得した様子で頷いた。

「たしかにルールに則って定義すれば、そう考えることは出来るかもしれませんね」

「ルール？」

弦二郎と一平の声が重なる。

二人の顔を見比べ、惣右介は人差し指をピンと立てる。

『密室には秘密の通路や抜け穴があってはならない』……ノックスだったかヴァン・ダインだったか……その昔、ある推理作家が定義したミステリーのルールの一つです。この定義を演繹的、逆説的に用いて考えるなら、たしかに、あの芝居小屋を『密室』と言うことは出来るかもしれません」

「ん？」

惣右介の言いたいことが理解できず、弦二郎は首を傾げた。

しかし、惣右介がこんなまどろっこしい言い方をするということは――。

「もしかして、君にはもう真相が解ってるんか？」

弦二郎の問いには応えず、惣右介は海を眺めて独り言のように呟いた。

「……何故そんなことが起こってしまったのか、その目的は一体何だったのか……。それらが判らなければ、真相が判明したとは到底言えません。解決に必要なパーツが、まだ、すべて揃ってはいません……」

弦二郎に顔を向け、惣右介は仕切り直すように微笑んだ。

「じゃあ、お寺に行きましょうか」

元来た道に向かって、惣右介は颯爽と歩き出す。

弦二郎は黙ってその背中を見つめた。

惣右介にとって、密室の謎など謎ではない——今のはそういう意味だったのだろうか？

地蔵の辻から少し進んだ草木少ない崖の先、まるで砦のように土壁でぐるりと囲まれた旧家がぽつねんと佇んでいた。

壁に沿ってしばらく進んで門を入る。

正面の母屋らしき建物と、左手、離れのように突き出した小さなお堂。どうやらそれが玉島寺らしい。

一平の挨拶で母屋から出て来た老尼はそのまま三人をお堂の入口に案内した。

二十畳ほどのがらんとした正方形の畳の間。

正面の簡素な祭壇には古い仏画が祀られており、祭壇の左手には扉の閉まった黒塗りの大きな厨子《ずし》、祭壇の右手には母屋に続くのであろう木戸が見える。

たったそれだけ。

きらびやかな仏具燈籠の類は一切なく、障子越しの白い光に浮かび上がる無彩色の空間は、それ自体まるで一幅の水墨画のようでもある。

隅にある座布団を四枚、一平は堂のあちらに一枚、こちらに三枚と並べた。

奥の一枚に尼君。手前の三枚に弦二郎、惣右介、一平。

四人は向かい合って腰を下ろした。

「――そしたらあの、昨日亡くならはった方と最後のお話を……。そうでしたか。この度はほんまに、とんだことで」

黒衣の胸元で合掌し、尼君は白頭巾に覆われた頭を下げた。

「入江さんのお父さんから伺いました。昨日、崖の上からお経をあげてお弔いをしてくれはったそうで……。ほんまに、ありがとうございます」

畳に手をつき、弦二郎は深々と頭を下げた。

折り目正しい静かな時間が、しばし堂内に流れる。

その余韻が乱れぬよう、抑えた声で惣右介は言った。

「――こちらのお寺は、元々葦船神社の神宮寺だったそうですね」

尼君はゆっくりと顔を上げた。

「ええ、そうらしいですわねぇ」

「ご宗派は、どちらになるんですか？」

「宗派……ですか？」少し考え、尼君は答えた。「御本尊は阿弥陀さんやから、元々は浄土宗系やったんですやろうけど……」

「元々は？」

首を傾げる惣右介に、尼君は説明する。

「こんな離れ小島の小さな寺ですやろ？　昔からどこの本山にも属さず、葦船神社《さん》と一緒に島の信心を支えて来たらしいです。……明治の廃仏毀釈の頃、今芝居小屋がある神社脇の場所からこ

うです」
の家の敷地に移って、それ以降尚更『私寺《しじ》』みたいな形で、家の者が代々、細々と守って来たそ
尼君はちらりと祭壇に目を向けた。
「けど戦後、寺はどこかの本山に属するか、新宗教として登録するかせなあかんようになったと
かで、それからは一応『大国宗《だいこく》』と名乗るようになったらしいです」
「大国宗……ですか」
惣右介は静かに祭壇に顔を向けた。
「廃仏毀釈というもんは――」弦二郎はしみじみと言った。「こんな平和な島にまで影響があっ
たんですねぇ……」
「ええ――」
尼君もゆっくりと祭壇に顔を向けた。
「……今の御本尊は阿弥陀さんですけど、昔は大黒天さんを一番にお祀りしてたそうです。それ
が気に入らへんかった過激な国学派の人が、大黒さんの像を壊しにわざわざ本州から来たって聞
いてます」
「――？」弦二郎は一平とともに、ちらりと惣右介の顔を窺う。
二人の視線を受け、惣右介は尼君に問うた。
「そのだいこくさんの像というのは、福徳相の『大国さん』だったんでしょうか？　それとも憤
怒相の『大黒さん』だったんでしょうか？」

しばらくきょとんとして、尼君は「おほほ」と上品に笑った。

「海神さん……でしたかしら？　細かいことをよくご存知やねぇ。――刀を持って目が三つ、火焔の光背にお不動さんみたいな恐い顔……そんな御姿やったそうやから、元々の大黒天さんの像やったみたいですね」

「なるほど……」

「何がなるほどなんや？　僕らにはさっぱりわからへんで？　……なあ、一平君」

「はい、わからないです」

「ああ、すいません」困ったように微笑み、惣右介は二人に説明する。「大黒天はヒンドゥー教の破壊神、シヴァが仏教に取り入れられて変じた仏だと言われています。ですから、本来は恐ろしい顔の『憤怒相』が仏像としての正統の姿のはずなんです。しかし、日本の仏教、特に本地垂迹《ほんじすいじゃく》説《せつ》以降……」

ますますきょとんとする一平の顔に気付き、惣右介は言葉を区切って別の説明を挟む。

「日本の神々は、オリジナルの『本地仏』が姿を変えて現れたものである――という、仏教を根本、神道を枝葉《しよう》と考える思想のことです。大黒天も類にもれず、日本の神様の『本地仏』となります。〝そんな混淆《こんこう》の思想はけしからん、日本の神々の純粋性を回復しなければ〟――と、政府が出した太政官達《たっし》が『神仏分離令』であり、その暴走が『廃仏毀釈』です」

確認するように、惣右介は尼君に顔を向けた。

尼君は黙って肯く。

一平に視線を向け直し、惣右介は続けた。

『『大きい黒』と書く大黒天は、大国主命《おおくにぬしのみこと》と習合し、『大きい国』と書くダイコクさんへと変容します。布袋を担いで打ち出の小槌を持った七福神、福徳相の『大国さん』ですね。……この仏は、習合した神の姿の方がメジャー・イメージになるという、かなり特殊なケースです」

「何でそれが、廃仏毀釈で像を壊された理由になるんかいな?」

「それは、おそらく、大国主命を祀っている葦船神社の神宮寺に祀られているにもかかわらず、神寄りの『福徳相』の像ではなく、仏教古来の『憤怒相』の大黒天像だったことが廃仏派の槍玉に上がってしまった――ということだったのではないでしょうか?」

「ふーん」

何となく理解したような、していないような相槌を打ちながら、弦二郎は尼君に確認の視線を向けた。

尼君は感心した様子でこくりこくりと頷いている。

惣右介は再び尼君に顔を向けた。

「こちらの御尊像は、完全に毀《こぼ》たれてしまったんでしょうか?」

「ええ。崖の上から、海に投げ捨てられてしもたそうです――」

目を閉じて、尼君は合掌した。

「――え? 段平さんと葵巴太夫? ……宮司さんが、私が知ってるんとちゃうかって?」

惣右介の問いに、尼君は目を丸くして驚いた。

記憶を辿っているのか、尼君はしばし考え込む。

「……えらい古い話やけど、何で今更そんなことを？」

「その古い話が、もしかすると今起こっている問題に関係があるかもしれないんです」

「昔の話が今の問題に……？　どういうことですやろ？」

尼君は首を傾げる。

視線だけ弦二郎に向け、惣右介は続けた。

「先日、こちらの弦二郎さんの後輩、人形遣いの犬童真悟君という青年が行方をくらましてしまいました。……その彼が残していったノートに、この島での出来事を書いたと思われる手記が書き写されていたんです」

「……」

黙ったまま、尼君は話に耳を傾ける。

「もしかすると、その手記は封印された昔の事件に、新しい解釈の可能性を与えるものかもしれない……つまり、隠された真相を明らかにするための『鍵』なのかもしれない――そう、僕は思っています」

「……」

尼君は黙り続ける。

惣右介は真剣な面持ちで続ける。

「いたずらに過去を蒸し返そうというつもりなのではありません。――闇に葬られた真相に辿り着くことは、もしかすると、真悟君が失踪した理由の本質的な解決に繋がるかもしれない……。一度文楽の道を擲《なげう》ってしまった彼が、再び自分の人生を取り戻すため、それは意味のあることなのかもしれない……何故だか、僕にはそんな気がしてならないんです。その直感は正しいのか、誤りなのか。彼のこれからの人生に対して、僕らの行動が意味をもつのか、もたないのか。もし、仏の御前《みまえ》で審《つまび》らかにすることが出来たなら……」

物右介は壇上の仏画を見上げた。

「仏の御前で……」物右介の言葉を、尼君はしみじみと繰り返した。

しばらくの間、堂内の皆は黙って如来図を仰ぎ続ける。

「智恵尼さん――」物右介は再び尼君に顔を向けた。「伯父様が亡くなられた大阪万博の頃――一九七〇年頃にあなたは島に戻って来られたと宮司さんから聞きました。けれど、それまでも夏祭りの時には島に戻っておられたそうですね。段平さんが殺害された事件の年も、あなたは島にいらっしゃったんでしょうか？」

祭壇を見上げたまま、尼君は言った。

「ええ。おりましたよ」

「段平さんの奥さんは島の人だったらしい――そんな噂もあったそうです。あなたは、その人にお会いになったことはありますか？」

「……」

畳に視線を落としてしばらく考え、尼君は言った。

「いいえ。会ったことはないですなぁ……。私は年に一回帰って来るだけで、島の人間事情なんかには疎かったですし……」

「段平さんとは？」

「ああ、段平さんやったら、いつもここにお泊りやったし……。住職の伯父と色んな話もしてはりました」

「それは、どんなお話だったんでしょう？」

「……相方の太夫との旅回りの話。あの人が夢見てはった浄瑠璃の未来の話。楽しそうに、熱っぽく語ってはりましたよ」

弦二郎は思わず口を挟んだ。

「そんな昔のこと……よく覚えてはりますね」

「――え？」

意外そうに弦二郎の顔を眺め、尼君は微笑んだ。

「離島の寺守りなんかをやってると、そうそう新しいことは起きません。せやからきっと、新しいことを覚えへん代わりに、古い話を忘れへんのね――。この島の中では、ゆっくりと時間が流れてるんでしょうね。いや、止まってしもてるのかもしれへんねぇ……」

「――その相方の太夫さんというのが、葵巴太夫という人だったんでしょうか？」

「ええ、そんな名前のお人でした」

「その人も、こちらにおいでだったんですか？」

「ええ、来てはりましたよ」

惣右介はわずかに前のめりになる。

弦二郎も思わず息を呑む。

惣右介は問うた。

「その人には、何か特徴のようなものはなかったでしょうか？　……身体的な特徴だとか、あるいは太夫なのに三味線が上手だったとか――」

「特徴……ですか？」

尼君は考え込んだ。

「取り立ててどうこう言える特徴はなかったと思いますなぁ……。ちょっと小柄で、無口やけどニコニコして、大柄な段平さんの横にちょこんとくっついて――。伯父も段平さんも、その人の三味線の手を褒めてましたから、それなりに上手な人やったんと違いますやろか？」

「三味線は……上手だった」惣右介は独り言のように呟いた。

「――たとえば、文楽のパンフレットに載っている技芸員の顔写真を見て、もしその人がいたとしたら、今でもお判りになると思いますか？」

「判るかもしれませんね。でも、葵巴太夫がそんなところに載ってることは、多分ないと思います」

「どうしてそう思われるんでしょう？」

「それは――」尼君は悲しげに阿弥陀如来を見上げた。「段平さんが亡くなった日の夕方、太夫は崖から身を投げようとしたんです……」

「えっ？」弦二郎は思わず声を上げてしまう。

惣右介と一平は黙って耳を傾けている。

尼君は続けた。

「たまたま気付いた伯父が説得して、太夫は身投げを思い留まりました。けど、段平さんを失ってしもた太夫は、もう金輪際浄瑠璃は語らへん……と、そう言い残して、肩を落として海の向こうに去って行きました――」

惣右介と一平は黙り続けている。

弦二郎の頭は混乱した。

段平と古宇津保太夫は、実は、葵巴太夫と段平の妻に殺されたのではないか――弦二郎はそんな風に考え始めていた。

しかし、葵巴太夫は段平の後を追って自殺しようとした――と尼君は言う。

葵巴太夫は無関係だったのだろうか？

あるいは、罪の意識から自殺しようとしたのだろうか？

尼君を見つめ、惣右介は言った。

「段平さんのご家族について、その後、何かお聞きになったことはありませんか？」

首を横に振り、尼君は言った。

「あの次の年から文楽の巡業はなくなって、島にはぱったりと人が来やへんようになりました。せやから、お祭りの手伝いに戻って来る用もなくなって、私はしばらく島には戻ってなかったんです。戻って来たのは伯父が亡くなってから……。その頃には、年に一度の島の賑わいを絶やしてしまった悲しい事件のことなんて、島の人間は誰も喋れへんようになってました」

「……」

惣右介は黙って腕を組んだ。

「うーん」長い沈黙を挟み、惣右介は唸った。「段平さんと伯父さんのお話を、あなたは一緒に聞いていらした……」

「ええ」

「その話を、あなたは今も覚えていらっしゃる……」

確認するように言う惣右介に、尼君は黙って肯く。

「よろしければその頃のお話を、僕たちにお聞かせ願えないでしょうか?」

「段平さんたちの?」

「はい。そうです」

「……」

しばらくの間、尼君は黙って惣右介の顔を眺めた。

ふっ——と惣右介から視線を外し、尼君は遠くを眺めるように三人の背後に視線を上げた。

「……段平さんは伯父に言うてはりました。『文楽にいた頃、古宇津保さんと自分は「連理のコ

ンビ」というて世間にもてはやされてました。それに比べたら、今、葵巴太夫と僕はちっとも世間に知られてません。……けど、僕は心に誓ってるんです』」

障子を超えた遥か彼方、遠く昔を見つめるように尼君は言った。

「『いつか、きっと僕らも世間に認めてもらうつもりです。「比翼のコンビ」として――』」

*

『比翼連理』――なんて古い言葉、今の人はあんまり知らはれへんでしょうね……。

『天にあっては願わくは比翼の鳥となり、地にあっては願わくは連理の枝とならん』

玄宗皇帝と楊貴妃の悲恋を詠んだ白居易の長編詩『長恨歌』の結びの句……。

真ん中で翼がくっついた二羽の鳥、空中で枝がくっついた二本の木――そんな風に離れ難い間柄、という意味で、昔よく使われてた言葉です。まぁ、文楽のお二人はご存知やろうけど。

え？　海神さんは文楽のお人やない……？

そうですか。色々と古いことをご存知やから、私はてっきり――。

さて、何からお話ししましょか……。え？　私のこと？

話すほどのこともないけど、まぁ一応、話の初めに簡単に説明しときましょか。

私の父親はこの玉島家の次男、先代の住職・道昭の弟でした。長男の伯父が島の家と寺を継ぐことが決まってましたから、父は若い時分から大阪に出て、向こうで商売をしてました。頑固で一本気な島風の伯父と違って、父は芸事も好む上方気質の粋《すい》な人間でした。

戦争が終わったあと、あんまり乗り気やなかった伯父を説得して、昔以上に大々的にこの家を芸人さんの宿として使ってもらうように計らったのも父でした。……せやからその分、父も母も、若かった私も、夏祭りの頃には泊まりの芸人さんの世話に毎年島に来てました。

責任をとって——というよりも、父はそれが楽しかったんでしょうね。

ええ、私も楽しかったですよ。

伯父も結局、年に一度のお客さんたちを楽しそうに迎えてました。

特に段平さんとは、一本気な人間同士、随分意気投合してたみたいです。


あの頃、島は賑やかでしたなぁ……。

手伝いに来る私らはお祭りの日しか知らへんかったけど、でも、その日があるからこそ一年中島が活き活きとしてた——そんな雰囲気を娘心にも感じてました。せやから、私が寺を継ぎに島に戻った時、段平さんの件で文楽が絶えてしもたこの島は、もう、まるで私の知ってる葦船島とは違う所みたいに地味で寂しい島になってしもてました。

あ、でも、今は入江屋さんの坊ちゃんが色々と工夫して島のために頑張ってくれてますし、文楽がないのが、もう、当たり前になってますやろ？

せやから別に、今が悪くて昔は良かった――ということではないんです。

ただ、段平さんがあんなことになってへんかったら……。

島に文楽が来てくれ続けてたら……。

それだけで、それからの島の時の流れは随分違ってたやろうと思います。

まぁ、そんなことはともかく――。


たしか、段平さんが初めて島にお見えになったのは一九六〇年前後のことやったと思います。春の頃、一人ふらりとやって来てしばらくの間寺に泊まってた――その年の夏祭りの手伝いに来た時、すでに段平さんと仲良くなってた伯父は私にそう紹介してくれました。

なんでも、思う所があって会社を辞めた段平さんは一人漂泊の旅に出て、文楽ゆかりのこの島を訪れはった――ということでした。

一九六〇年代、「所得倍増」と言うて高度成長に世間が賑わってる頃、日本の社会では色々な歪《ひずみ》も生まれて、九州の炭鉱なんかでは大きな労働争議が起こったりもしてました。そんな当時の社会問題と比べて考えたら、終戦以来の意地の張り合い、二派の分裂を続けてたら文楽に未来はない。その異議申し立てのつもりで会社を辞めた――そう段平さんは言うてはったそうです。

え？　奥さんにそそのかされて会社を辞めた……そんな噂が流れてたって？

私の知る限り、決してそんなことではなかったと思いますよ。

伯父と一緒に社会の問題について語り合う段平さんは真剣で、その志に嘘はなかったと思います。それに「独り身やからこそ旅の仕事が出来る」というようなことも言ってはった覚えもありますから、初めて島に来た頃、つまり会社を辞めた頃、あの人はまだ独り者やったはずやと思います。……とにかく、誰かに唆《そそのか》されたり、損得で身の振り方を考えたり、そんな理由で動いてる雰囲気の人ではなかったことは確かでした。


そんな段平さんが新しい相方と組み始めたと伯父に報告したんは、たしか、東京オリンピックの頃、一九六四年の祭りの時やったと思います。

ええ。それが葵巴太夫という人です。

いいえ。その時はまだ、直接引き合わせて紹介したんやありません。

その人は文楽とは違う「素浄瑠璃」の太夫で、文楽の人たちが揃うお祭りに来るのは気が引ける……とか何とかで、同道するのは遠慮してたという話でした。

文楽の世界で名を成した段平さんと組むことも、葵巴太夫は「身分が違う」「芸の格が違う」と言って随分断り続けはったそうです。けど段平さんは「そんな先入観にとらわれへん新しい芸を作りたい」と熱心に口説き落として、二人は田舎の小さな小屋なんかで、少しずつ自分たちの芸を披露し始めてたそうです。

結局、葵巴太夫が段平さんの相方として初めてこの島にやって来たんはそれから四年後、あの事件があった年でした。

「葵巴太夫と自分は、きっと『比翼のコンビ』というて世間に認めてもらう――」


伯父の前に二人並んで手をついて、段平さんが挨拶をしはったのはその時でした。

せやのに、その次の日、段平さんは変わり果てた姿になってしもうた……。

なんとも残念な、悲しい話です。


ええ、その前の年までも、毎年段平さんは島に来て、旅先での物語を色々と伯父に聞かせてくれてはりました……。

炭鉱のお客さんたちと意気投合して、デモに飛び入り参加した話。

旅回り先で、自分たちとは毛色の違う芸をもった人たちと仰山出会ったという話。

そんな人たちの中でも、とりわけ熊本の見世物の人形師さんと仲良くなったって話。

そして巡業中に生まれたその人の子どもの名付け親になってあげたという話。


え？　その人形師の名前？

……そうそう。そうです。

梅本久太夫……そのお人です。


古宇津保太夫についての話？

それは、特には話してはれへんかったと思いますなぁ……。

あ……でも、あの年、一回だけその人の名前が話題に出たのを覚えてます。


事件の前の夜、夕食のあと片付けを終わらせた私が伯父の部屋をのぞいたら、段平さんたちがお酒を飲みながら話に花を咲かせてはったんです。

その時、段平さんはふと傍らの太夫に言わはりました。

「……そういえば今日、古宇津保さんから『葵巴太夫と僕の嫁はんが不義をして、僕のことを騙してる』――なんて、おかしなことを言われてんけど、なんでそんな話になったんやろうな？」

――て。

疑ってるとか、かまをかけてるとか……そんな口調やなくて、酒席の座興というか、笑い話というか……そんな調子の言い方でした。

太夫も「さぁ。なんででしょうねぇ？」と、笑って応えてました。


ええ。

やましいことがあるような雰囲気ではなかったです。

古宇津保太夫の名前が話題に出たのは、多分その時ぐらいやったと思います。

あ、いや……もう一回、段平さんの口からその名前を聞きました――。

事件の夜、寺から一人出て行く段平さんに私は気付いたんです。私はどこに行かはるんか聞きました。そしたら、段平さんは答えはったんです……。

「古宇津保さんに呼び出されたから、ちょっと芝居小屋に行ってくる」――って。

*

玉島寺を辞し、弦二郎たちは地蔵の辻に停めておいた車に向かった。

崖下の淋しげな海を横目に歩きながら、弦二郎は独り言のように言った。

「あの夜、芝居小屋に段平さんを呼び出したのは古宇津保太夫やった……。やっぱり、事件は言われてる通り、古宇津保太夫と段平さんの無理心中――ということやったんやろか？」

「……」

惣右介も一平も、応えることなく黙って歩き続ける。

反応を期待したわけでもなかったので、弦二郎もそのまま黙って歩みを進めた。

「けど、そう言えば」ふと弦二郎は思い出した。「さっき話に出てきた見世物の人形師、梅本久太夫やっけ？　惣右介くん、なんでその名前を知ってたんや？」

「ああ、それは」惣右介は歩きながら答える。「ついこの間、当代の二世久太夫さんを取材させていただいたんですよ。……もとをたどれば、弦二郎さんがいてくれたから受けることになったお仕事なんですけどね」

「……？」

「久太夫さんは最近の文楽界について何かお知りになりたかったようで、文楽に縁のあるインタビュアーという理由で僕にお鉢が回って来たんです」

「ふーん。……じゃあ、段平さんが名付け親になった子ども……というのが、その久太夫さんなんやろうか？」

「そうかもしれないし、そうではないかもしれません」

深遠な命題について語る哲学者のように呟き、惣右介は続けた。

「野呂圭太さんというマネージャーが外部とのやり取り、すべての窓口になっていて、その正体は一切不明な人ですから――」

「え？」

車を目前にして一平は声を上げて立ち止まった。

惣右介と弦二郎も歩みを止め、後ろの一平を振り返る。

「どうしました？」

「……野呂圭太さん、今日の最終便で島に来られますよ」

「どういう事でしょう？」

「障害があって体が不自由な人が、キャンピングカーで島を観光するのは可能かどうか、メールで問い合わせてくれたんです。その回答を送ったら、来てくれるって返事が……。昨晩、野呂さんお一人分の宿泊予約がありました」

弦二郎は驚いて、惣右介に顔を向けた。

顎に指を添えて惣右介は考え込んでいる。

しばらくして、惣右介は低い声で言った。

「野呂さん、そしておそらく久太夫さんの来島が判ったことで、調査すべき範囲が随分絞り込まれたように思います。……ミヨシ理髪店は後回しにして、ひとまず、入江屋さんに戻って頂けないでしょうか？」

「あ……はい。解りました」

一平は頷き、目の前の運転席へと向かう。

弦二郎は腕時計で時間を確認する。

「……僕はそろそろ芝居小屋に向かわへんと。今回はいつもの三倍、調弦に時間が掛かるから、皆が着くより少し早めに……」

「解りました。……じゃあ先に、小屋まで乗せて行ってもらいましょう」

「いや、そんな遠いわけでもなさそうやし、山道を通って散歩がてら向かうことにするよ」

山の方へと続く道、緑の林道を弦二郎は眺めた。

島内へ下りて行く車を見送り、弦二郎は林道を歩き始めた。

右手の眼下、常緑林の一帯を挟み、彼方に島内の集落と港が見渡せる。

左手の緑の山峯からは蟬の声が降り注いでくる。

分岐があっても登ったり降りたりせず、同じ高さの道を選ぶのが正解――一平に教えてもらった進路を守り、弦二郎はゆるゆると土道を歩いた。

歩きながら、弦二郎は尼君から聞いた段平の話をぼんやりと思い出していた。

＊

今以上に厳しい環境の中、文楽の一翼を担っていた段平――。

文楽の世界を飛び出し、旅にさすらい、外の社会とも向き合っていた段平――。

そして、畑違いの太夫と組み、新しい芸の境地を模索していた段平――。

同じく文楽に人生をかけている人間だからこそ、弦二郎には冨澤段平という人のスケールの大きさがよく解った。

文楽の芸というのは、喩えるなら釈尊の掌のようなものだ。一生の精進をもってしても、その最奥に達することなど到底望めない。

たとえ円熟の大名人であったとしても「芸の完成」に到達するなどということは決してあり得ない、文楽とは深い深い芸の沼、釈尊の掌なのだ。

もちろん、芸が未熟なまま文楽の世界を飛び出した人間もいるだろう。

だが、その録音を聴いたことのある弦二郎は知っていた。冨澤段平という人の芸は「未熟」などという言葉と程遠いものであったことを――。

段平が生きていれば、あるいは、文楽の未来は変わっていたかもしれない。

あるいは段平になら、文楽の枠を超えた新しい芸の創造は可能だったかもしれない。

しかし、凡夫が三世生きても不可能な事業を為し得たかもしれない天才は、満足に一世をも生きられぬまま、可惜《あたら》、何者かに命を絶たれてしまったのだ……。

なぜ、段平は死なねばならなかったのか？

なぜ、段平は首を切られなければならなかったのか？

そしてなぜ、その事実は隠蔽されてしまったのか――？


段平への様々な思いを胸に山道を歩いていた、その時だった。

「あっ……」

見晴らしの良いカーブに差し掛かった弦二郎は思わず声を上げてしまった。

幾重にも重なる葉陰の隙間、斜面の遠く下、動く白い物体が見えたのだ。

じっと目を凝らし、弦二郎は息を呑んだ。

遠く小さく『同行二人』という文字が読める。遥か下の林道を歩く、それは遍路の姿だった。

下道に降りる分岐が近くにないか、弦二郎は慌てて左右を見渡したが、それらしい筋はない。

しかし、過去の事件や大野の死に、もしかすると関わりがあるかもしれない謎の遍路をこのまま見失うわけにはいかない。

見える限りその行方を確認しようと、弦二郎は道をはずれた傾斜に片足を踏み出した。

と、その時だった。

斜面の土は意外にもろく、蟻地獄のように谷に向かって流れ始めた。

「——あっ！」

弦二郎は両腕を回してバランスを取ろうとした。

しかし、その運動神経の悪さは今更どうすることも出来なかった。

斜面の上、弦二郎の体はフワリと宙に浮いた。

二

戻った入江屋の土間で、一平は惣右介の背中に声を掛けた。

「あの、海神さん……」

「何でしょう？」

惣右介はゆっくりと振り向く。

しばしの沈黙を挟み、一平は言った。

「お寺での話、あれは一体どういうことなんでしょう？　島の昔の事件には、何か隠された秘密でもあるんでしょうか？」

「……」

しばらくの間、惣右介は黙って一平の瞳を見つめ続けた。

「うん──」何かを決心したように惣右介は頷いた。「少し、待っていて頂けますか？」

惣右介は板の間に上がり、階段を上って行く。

間もなく、惣右介は一冊のノートを手に土間に戻った。

食堂の一卓で一平と向き合い、惣右介は言った。

「大阪文楽劇場の楽屋、葦船島の資料の中に紛れ込んでいた一冊のノートが、僕らにとって過去への入口となりました。……一平さん、あなたも『僕ら』の一人になりますか──？」

今までになくシリアスな惣右介の雰囲気に一平は戸惑う。

『僕ら』の一人になる──それは、何やら謎を秘めたこの島の過去に、自分も首を突っ込むことを意味するのだろう。

何となく不安でもある。しかし、この島の未来を想う者として、島の過去から目を背けるわけにはいかない──ふっと力を抜き、一平は精一杯微笑んで見せた。

「海神さんが、許してくれるなら……」

「……」

しばしの沈黙を挟み、惣右介は静かに頷いた。

「では、このノートを読んでみて下さい」

テーブルの上、ノートがそっと押し出される。

ノートを手に取り、一平はその表紙を開いた。


……


顔を上げ、惣右介の瞳をじっと見つめ、一平は言った。

「これは、創作の小説か何か……なのでは？」

惣右介は深く頷く。

「その思考は健全で、まったくもって正しいと思います。……四十四年前、この島に生首が現れてさえいなければ、僕もそう考えていたでしょう」

「宮司さんに聞いてた、例の件ですか？」

「ええ。段平さんの首は落とされていた――それはどうやら確かな事実のようでした。……そして、その事実は何らかの力によって、何らかの事情で、今まで隠蔽され続けて来た――」

「えっ？」

一平は眉を顰めた。今の日本――民主主義の法治国家でそんなことがあり得るのだろうか？

一平の考えを見透かすように、惣右介は言った。

「今ではあまり考えられないことかもしれません。しかし、約半世紀前、当時の社会の状況は、

もしかすると違っていたのかもしれません……。一平さん、一つお願いしたい事があります」

「はい、何でしょう？」

「僕は今から部屋に籠って、葵巴太夫と梅本久太夫——事件の周辺に見えてきた二人の人物について可能な限り調べてみようと思います。もしよければ、一平さんは一九六八年の社会の状況を調べてみてはくれませんか？　もしかすると、そこに事件を隠蔽した力の手掛かりが見えてくるかもしれません。……もちろん、ネット検索で結構です」

「はい。……それくらいなら、僕にでも」

頷き、そして一平は尋ねた。

「けど、海神さんはどうやってその人たちについて調べるんですか？」

「葵巴太夫の名前は昨日知ったばかり、ネットで検索しても当然ヒットしませんでした。……ただ、恐らくこの芸名は師匠の一字の下に自分にゆかりの文字を入れるパターンのようにも思われますから、『葵太夫』の名前から辿ってみるのも手かもしれません」

「あ、いや、そうじゃなくて……。うちの二階で、どうやって人形師のことを調べるのかなって……」

「ああ——」惣右介は微笑む。「丁度今、人形関連の資料が沢山集まっている出版社がありますから、そこの編集者さんに頼んでみます」

ふふ——と軽く笑い、惣右介は言った。

「人に頼んでばっかりですね、僕」

惣右介を二階に見送った後、一平は定位置のカウンターに座る。

ノートＰＣのディスプレイを立て、システムの起動を待つ一平の背後に声が響いた。

「あら？　海神さんはお部屋に戻らはったの？」

振り返ると、母が麦茶のグラスが二つ載った盆を手に立っていた。

「ああ、うん。今さっき」

「あら……じゃあお部屋に持って行ってあげへんと」

言いながら土間に降り、母は一平の脇に進んだ。

カウンターにグラスを一つとんと置き、母はにこやかに言った。

「あのお客さんたちと一緒にいると、ほんまに楽しそうねぇ」

「え？　うん……」

話の内容は、決して楽しいものではないのだけれど――。

一平はゆっくりと顔を上げた。

「お母さん……」

「ん？　なに？」

「……」

少し躊躇《ためら》い、一平は口を開く。

「母親が、自分の子どもに毒を飲ませるなんてこと、あると思う？」

「え――？」カウンターの麦茶を眺め、母は笑った。「何アホなこと言うてんの。そんなこと、絶対あるわけないやないの」

「なんで？」

「なんで、て――」わずかに考え、母は言った。

「それが、母と子というもんやからよ。……世の中にただ一つ、絶対に他人になることのない関係。色んな言葉で説明する必要のない、この世で一番、はっきりとした絆」

「……うん」

確かに、それはその通りなのだろう。けど、しかし――。

「それでも、もし毒を飲ませることになったら……どうやと思う？」

「えっ……？　そんなの、子どもは一生そのことで苦しむやろうし、母親にとっても……」

母は露骨に嫌な顔をした。

「生き地獄やわね」

＊

惣右介から頼まれた検索を始めるより早く、昼のフェリーが到着した。

時間丁度に両親たちも店先に出て来たので、今度ばかりはうっかり遣り過ごすことなく、一平も埠頭に出て船を出迎えた。

後藤が運転するバンに乗って、宮司も港に姿を見せた。

接岸したフェリーから、半袖シャツやポロシャツ姿、老人から青年まで、大勢の男性の一団が降りて来る。明るい日差しに目を細めながら、しかし、男たちの表情は暗い。

「ようこそ来てくれはりました――」

宮司は文楽一座の人々に頭を下げた。

挨拶を返す人々に、宮司は神妙に言葉を続けた。

「この度は大野さんが大変残念なことになってしもて……。何と申し上げたら良いのやら……」

一座の中央の風格ある老人――一平でも顔を知っている人形遣い、楠竹巳之作――は宮司に折り目正しく返礼した。

「ご丁寧に、恐れ入ります。……あの人のためにも、しっかりと舞台を勤めさせてもらうことが、私《あて》らに出来る精一杯の供養やと思とります」

宮司と巳之作はしばらく無言で見つめ合った。

宮司に紹介され、入江家の人々も挨拶と悔やみの言葉を述べた。まずは入江屋で一息つくことを母は勧めたが「根が生えてしもたら困りますさかい」と、店先で荷物だけ預け、一座は迎えのバンに乗った。

一平も車を出し、バンに乗り切らなかった三人を乗せた。冨竹伊勢太夫の弟子だという若い太夫、冨竹長谷太夫。弦二郎の師匠、冨澤段史郎と弟弟子、冨澤静作――。自己紹介と簡単な挨拶は交わしたものの、車内の空気は重く、何を話すこともなく車は神社に到着した。

三人を境内で降ろし、一平はそのままとんぼ返りで港へ戻った。


「オウ、一平。おかえり」

入江屋の店先、父は倉庫から出した縁台のセッティングをしていた。

明日のフェリー到着時刻に合わせ、若手たちが清めの人形舞い『幕開《まくあ》き三番叟《さんばそう》』をここで披露するのだという。縁台は、三味線の演奏台として使うらしい。

いよいよ明日は夏祭り。

神社の芝居小屋で文楽が掛かり、生まれて以来見たこともない大勢の観光客が、この島に、この港に渡って来るのだ。

ぼんやりと店先に立ち尽くしてしまった一平に、父は作業の手を止めて言った。

「丁度入れ違いやな。友だち、今さっき出て行ったで」

「え？　海神さんのこと？」

友だちという言い方になんとなく驚き、一平はしばし黙る。

「どこに行ったんかな？」

「ミヨシ理髪店への道を教えて欲しい――て言うとったなぁ」

腕を組み、父は首を傾げた。

「……けど、なんでわざわざ、うちの島で髪切ろうなんて思うんやろな？」

「いや」――髪を切るつもりやないと思う……と言いかけて、じゃあどう説明しようかと躊躇う

うち、父は工具箱を持って店裏の倉庫へと去って行った。
そろそろ、自分も明日の準備の手伝いをするべきかもしれない。
しかし、その前に——。
友だちとの約束を果たすため、一平はカウンターのノートＰＣに向かった。

＊

『１９６８年』——一平は検索窓に打ち込んだ。
自分が生まれる二十年以上も昔、年表サイトに表示された出来事に一目で内容が分るものは少ない。それぞれのリンクをクリック、あるいは別ウィンドウを開いて検索し、一平は過去の時代に潜り始めた——。

一平が最初にクリックしたのは一月の出来事『円谷幸吉氏の自殺』
ウルトラマンの監督が自殺した？——一平は驚いたが、それは特撮監督とは同姓の別人、東京オリンピックで活躍した自衛官ランナーの悲しい死の出来事だった。
腰の持病を抱えながらも抜擢、東京オリンピックで陸上日本唯一のメダルを獲得。次のオリンピックへの期待、持病の悪化……責任感の強さゆえか、悲痛な遺書を残し、その人はカミソリで自らの頸動脈を切断した。

大成功の東京オリンピックと大阪万博。日本は輝かしい高度経済成長を遂げた――知らないながらも一平は、その時代に漠然と明るいイメージを持っていた。

もちろん、何もかもが明るい時代など、この世のどこにも存在しないだろう。

しかし、晴れやかなスポーツの祭典、過去の日本の栄光の象徴そのもの――とばかり思っていたイベントが、一人の真面目な若者の死の契機《きっかけ》になっていたとは思いもよらないことだった。

次にクリックしたのは同じ一月、佐藤栄作首相による『非核三原則の施政方針演説』

唯一の被爆国、日本が核兵器廃絶に努力すべきだということは、もの知らぬ一平にでも解る当然のことだ。核を「持たず、作らず、持ち込ませず」という三原則は、当たり前のこととして宣言され、当たり前のこととして守られ、当たり前のこととして日本から世界に発信され続けているものだとばかり一平は思っていた。

しかしこの年、その平和と安全への高らかな宣言は「核軍縮」「アメリカへの核抑止力依存」「核エネルギーの平和的利用」という他の原子力政策と同列の『四本柱の一つ』として位置付けられ、原子力の利用を追認する隠れ蓑に矮小化されてしまっていた。

しかも近年、その三原則を理由にノーベル平和賞を受賞した佐藤栄作首相とアメリカとの間に、核持ち込みの「密約」が存在していた事実までもが明らかになったという――。

一平はわけが解らなかった。

ヒロシマとナガサキから、日本は何も学び得なかったのか？

否、日本だけではない。この年の五月、アメリカはネバダ砂漠で、八月にはフランスがサハラ

砂漠で、それぞれ原爆と水爆の実験を行っていた。

ヒロシマとナガサキから、人類は何も学び得なかったのだろうか？

学び得なかったのだろう。

この年、海の向こうでは延々と『ベトナム戦争』が続いていた。

年表の各所に散らばる『北爆』『枯葉剤』『虐殺』の文字。

オリンピックと万博の狭間、高度経済成長に日本が浮かれていた時代。

ベトナムでは戦争が続き、多くの命が失われ続けていた。

暗澹たる気持ちで、一平は次のトピックを探す。

次に目に入った言葉は――『公害病』

これもまた、とても重い言葉だった。

五月、カドミウムによる水質汚染『イタイイタイ病』を厚生省が公害病第一号と認定。六月、ダイオキシンによる食品汚染『カネミ油症事件』が発生。九月、『水俣病』の原因がメチル水銀化合物であると政府が断定、ようやく公害と奇病の因果関係が認められる――。

戦争を終え、戦後を脱却し、海の向こうの戦争を尻目に、経済大国としての明るい未来を夢見ていた日本。しかし、その明るい光の照り返しは暗い影を生み、いつ誰が巻き込まれてもおかしくない災厄を、終わることなく生み続けてきたのだ……。

年表に書かれた出来事は、意外なまでに陰鬱なトピックばかりだった。

終わらない戦争、続く核依存、不実な政治、公害というしっぺ返し……。

あまりにも愚か、あまりにも悲しい半世紀前の世界と日本の姿に、一平は驚いた。

しかしそれ以上に一平は驚いていた。

半世紀経っても全く同じ、今の世界のありさまに――。

＊

夕暮れ間近の葦船島に最終フェリーが到着した。

島ではもちろん、東京でも滅多に見かけないほど本格的なキャンピングカーが埠頭へゆっくり降りて来る。

海神さん、まだ帰らないのかな？――一平は不安に思う。

過去の事件に関係するかもしれない人形師、梅本久太夫が乗っているはずの車が入江屋に近づきつつあるこの瞬間、自分は一体どう振る舞えば良いのだろう……？

キャンピングカーは入江屋の正面で停止した。運転席のドアを開け、五十代ぐらいのスーツ姿の男がボストンバッグを手にこちらに向かって歩いて来る。

男は入江屋の土間に入り、カウンターの前に立った。

「こんにちは、民宿の入江屋さんはこちらでよろしいかな？」

「はい、そうです。お泊まりのお客様ですか？」

「ええ、予約している野呂です」

「あ、お問い合わせを下さった……。ようこそ、いらっしゃいませ」

一平は立ち上がって頭を下げた。

「もしかして、返信をくれたのは君かな？」

「はい、そうです」

「その節はご親切に、ありがとう」

言いながら野呂はカウンターの上にボストンを置いた。

「今から例の場所に車を停めに行くので、自分の荷物だけ、先に預けておこうと思ってね」

「そうなんですね。わかりました。……何時ごろ、こちらに戻られますか？」

「うーん。七時か八時ぐらいにはチェックインしたいところだが……」

「これから、何かご予定でも？」さり気なさを装い、一平は尋ねた。

「え？　ああ……」

野呂はちらりとキャンピングカーに視線を向ける。

「連れに、ちょっと頼まれていることがあってね」

「何か、お手伝いできることはありますか？」

「いや、結構。……宿帳なんかはあとで書くから、とりあえず、荷物をよろしく」

バッグを残し、野呂は車に戻った。

ほとんど音も立てず、ゆっくりとキャンピングカーは島内に向かって発進した。

しばらくして父から配達を頼まれ、一平は神社へと向かった。

芝居小屋から漏れる三味線と浄瑠璃の稽古の音が、夕暮れ間近の境内に伸びやかに響いている。

配達を終え、一平は境内を横切って芝居小屋へと近づいた。野呂からのメールの通り、キャンピングカーは小屋の東に脇付けされていた。

宮司の話では、野呂は挨拶のあと、一人でどこかに出て行ったらしい。野呂が外出しているということは、今、車の中には人形師の久太夫という人が一人……。

なんとなく辺りの様子を窺いながら、一平はキャンピングカー後部の窓に近づいた。

レースのカーテン越し、一平は車内をそっと覗き込む。

意外に広い室内、ソファーに腰を下ろす人影が目に入り、一平の体は思わず強張った。

濃地のきものと羽織。手には細い竹の杖。伸び放題に爆発した、ボリュームのある黒い髪。

そしてその顔に嵌められた、眉間に皺を寄せ、苦しそうに目を閉じた男の能面――。

能装束の人形師に、一平の目は釘付けになった。

相手が俯き加減なのを幸いに、一平はしばらくその姿を観察し続ける。

しかし、眺めれば眺めるほど、一平の胸に奇妙な違和感が拡がった。

その人形師はほんの少しも動かない。まるで死体か、あるいは人形のように……。

レースの網目のピンホールを通し、一平は細部に目を凝らした。

喉元、手の甲、その艶やかさ——これは……。

これは人間じゃない。等身大の人形——だ。


「——あの」

突然、背後に男の声が響いた。

ヒッ！——辛うじて叫ぶのを堪え、一平は両肩を耳の高さに持ち上げた。

「……あ、びっくりさせてしもた？　ごめんごめん」

鷹揚に続く言葉に、一平は肩の位置を戻しながらゆっくりと振り返る。

そこには一平が車で神社に送った太夫、着物に着替えた冨竹長谷太夫が立っていた。

「やっぱりそうや。入江屋さんの一平君……やよね？　こんなとこで何してんの？」

「あ、いや……。ちょっと、人形を……」

「人形？」

長身の長谷太夫は一平の頭越し、ひょいと車内を覗き込む。

「……ん？　お能の俊徳丸かいな……。あれ、人形なん？」

「はい、そうみたいです」

「ふーん。随分大きな人形《にんぎょ》さんやな」

少しの間人形を眺め、長谷は一平を見下ろした。

「ところで、一寸教えて欲しいことがあるんやけど……」

「何ですか？」

「うちの弦二郎……。今、何してるんか知らへんかな？」

「え？　弦二郎さん？　一緒に稽古してたんやないんですか？」

長谷太夫は無言で首を振った。

「……でも、皆さんが島に着く前、一足先に小屋に行くって」

「いや、あいつ、稽古に来うへんかったんや」

「えっ？」

地蔵の辻で別れた弦二郎は確かに林道の方に進んで行ったはずだ。迷うほどの道でもないし、たとえ間違えたとしても、回り道になるだけのこと――。

眉間に皺を寄せ、一平は太夫に言った。

「弦二郎さんが来てないのに、今まで稽古をしてたんですか？」

「いや――」長谷太夫は気まずそうに応える。「俺らの世界では、稽古に顔を出さん人間を、わざわざ探したり待ったりせえへんのが筋やから……。でも、俺にとっては大事な相方やから、気にしてちょこちょこ電話してみてんけど、あいつ、全然出よらへんねん……」

島には謎の遍路がいる。大野の一件もある。厭な予感が一平の胸をよぎる。

「林道で、もしかしたら何かあったのかも……。僕、探してきます」

「いや――」その場を去ろうとした一平を、長谷太夫は引き留めた。「その道を教えてくれた

ら、俺ら文楽の人間で探すさかいに、君は入江屋さんで待って、もしひょっこりとあいつが戻ってきたら俺に電話で報せて欲しい。……頼まれてくれへんやろか？」

深刻な表情で長谷太夫は言った。

「わかりました」

一平は頷いた。

*

それから一時間ほど経った入江屋の店先、夕暮れの港にただならぬ緊張が走った。

地蔵の辻から急行した文楽劇場のバン。連絡を受け、あらかじめスタンバイしていた父の船。バンから船に移される、こめかみに血の跡を流した弦二郎。

苦しそうに顔を歪めながら、弦二郎は呻く合間に「すんません、すんません」と繰り返していた。弦二郎だけではなく、介助し、見守る文楽関係者全員の顔が青ざめていた——。

長谷太夫が付き添い、弦二郎を乗せた船は猛スピードで淡路島へと出港した。

船を見送った後、文楽のスタッフたちは神社に戻り、入江屋に泊まる出演者たちはそれぞれ自室へと戻った。誰しも、病院からの連絡を待つよりほかに術はなかったのである。

惣右介が入江屋に戻って来たのは、それからしばらくして、夕陽が沈んだ頃だった。

「海神さん——」

入江屋の店先に現れた惣右介に、カウンターの一平は立ち上がって声を掛けた。

一平の神妙な様子を察し、惣右介は無言で立ち止まる。

一平は続けた。

「弦二郎さんが、林道から滑り落ちて……病院に運ばれました」

「……えっ？」

惣右介はカウンターに駆け寄った。

「容態は？　どこの病院に——？」

今までとは別人と見違えるほど、惣右介は激しくうろたえた。

なだめるように、一平は丁寧な口調で応える。

「父の船で、淡路島の救急病院に直行しました。付き添いの長谷太夫さんが、詳しい容態がわかったら連絡をくれることになってます。……診療所の先生の話では、命に別状はないけど、足の骨が折れて、頭も強打してるから、精密検査が必要やって」

「……」

表情を失い、惣右介はカウンターの上に視線を落とした。

と、階段を踏む足音が土間に響いた。見上げた先、階段の半ばには伊勢太夫の姿があった。

「坊ちゃん、お母さんはどちらかいな？」

「あ、今、台所で皆さんのお食事の準備をしてます。……ご用ですか？」

「いや、その食事のことなんやけど、一寸、諸々難しい状況になってしもたさかい、食堂やのう

て自分らの部屋を繋げて、打ち合わせしながら摂らせてもらいたいと思うのやけど……」

「あ、それは全然大丈夫やと思います。襖を外しに、すぐに行かせてもらいます」

カウンターから出ようとする一平を、伊勢太夫は低い声で制止した。

「いや、それはうちの若いもんらでさせてもらうによって、お運びだけ、申し訳ないけど……」

「……はい、わかりました」

「ほな、すまんけど、よろしゅう」

頭を下げて背を向けた伊勢太夫に、惣右介は声を掛けた。

「伊勢師匠。弦二郎さんの件、うかがいました。明日の『三曲』は、どうなるんでしょう？」

「……」

しばらく黙って、伊勢太夫は階下に顔だけを向けた。

「いつもやったら、もしもの時の代役は立てとくのやけど、今回は最少人員の巡業……。島に来てない人間も、明日は役所がらみの仕事でフルに勤めが割り振られてる……」

溜息をつき、太夫は続けた。

「最悪、琴と胡弓抜き、二挺の三味線だけでも成り立つ曲ではあるけれど、それではとても、お客さんには納得してもらわれへんやろうからなぁ……」

伊勢太夫は低く呟いた。

「あの時みたいに救いの神が現れてくれへん限り、正直、お手上げや」

＊

エプロンを着けた一平が台所と二階を往復し始めたのと時を同じくして、野呂が入江屋に戻って来た。

土間で野呂と何やら立ち話を始めた惣右介の様子を気にしつつ、一平は膳を手に階段の上り下りを続けた。

母に案内され、野呂は一平と入れ違いに二階へと上がって行く。

横目で野呂を見送り、一階に降りた一平はそのまま土間に降りた。

「海神さん」

「ん？」

惣右介は振り返った。

「……野呂さんと、何を話してたんですか？」

「どちらにおいでだったのかを伺っていました」

「どちらにおいでだったんです？」

「お寺だそうです」

「お寺？」

惣右介の言葉を繰り返し、一平は首を傾げた。

惣右介は穏やかに応えた。

『もし自分の人形を預かってくれているのなら、是非引き取らせてもらいたい』――と、久太夫さんに代わって交渉をしに行ったそうです」

「……？」

どういうことなのか一平にはよく解らなかったが、それよりも――。

「そんなこと、よく話してくれましたね」

「交渉がまとまっていたら、話してはくれなかったでしょうね」

物右介は微笑んだ。

「断られたんですか？」

「久太夫さん本人が直接出向くなら考える――と言われたそうです。しかし、久太夫さんはお寺には行きたくないと言う。さて、どうしたものか……とお悩みのようでした」

なるほど。

「それで、海神さんに相談を……」

「手助けしてあげられそうですか？」

「ええ、多分」

鷹揚に頷き、物右介は続ける。

「……後ほど、お寺に伺おうと思います。あの人が望む解決は、恐らく、僕たちが目指している解決と同じもののはずです」

「え？――」一平は驚いた。「海神さん、もしかして、謎の答えに……？」

しばらく一平の瞳を見つめ、惣右介は悲しげな笑顔を浮かべた。

「おおよその構造は解明出来ました。……けど、どうしても解らない謎が、まだいくつか残っています――」

ゆっくりと振り返り、惣右介は土間の外、真っ黒な夜の海を見つめた。

背後の一平に伝えるように、あるいは自らに言い聞かせるように惣右介は囁いた。

「……段平さんの首の件は、何故隠蔽されてしまったのか？　母が子に飲ませた『毒』の正体とは、一体何だったのか……」


軒先のオープンテラス、一平は惣右介と向かい合って座った。

プリントアウトした『１９６８年』の資料の束を一平は惣右介に手渡した。

手元の紙に視線を落とし、惣右介は黙って資料をめくり続ける。

手当たり次第にプリントしたウェブの情報など、果たして役に立つだろうか――？

一抹の不安を胸に、一平は正面の惣右介の姿を眺めた。

黙読を続けながら、惣右介は言った。

「調べてみた感触として、一平さんはこの時代にどんな印象を持ちましたか？」

「印象、ですか？　……明るい時代だったのかなと思っていた高度成長時代なのに、案外暗いニュースが多くて驚きました」

「……確かにその様ですね」

惣右介は紙の束をめくり続ける。

一平は言った。

「どうですか？　何か、ヒントはありそうですか？」

「うーん。どうでしょう……」

難しい表情で惣右介はプリントを読み続ける。

今更ながら、一平は少し後悔していた。たしかに、政治的な理由で不都合な真実は歪められ、隠蔽されてしまうことはあるのかもしれない。しかし、一平がネットで収集した出来事は、この田舎の島から生首を消した理由と考えるには、あまりに大きなものばかりだったのではないか？

オリンピック、核、戦争、公害……。

何がどう繋がれば、冨澤段平という人の斬首と結び付くというのだろう？

「……あ」

小さく響いた惣右介の声に、一平は我に返った。

しばらくじっとプリントを見つめ続け、惣右介は静かに顔を上げた。そしてそのまま、一平と視線を合わせることなく夜の海に目を向けた。

「海神さん……。何か、答えが？」

恐る恐る、一平は問う。

惣右介はゆっくりと一平に顔を向けた。

一平はドキリとする。その白皙《はくせき》の顔が、一瞬、泣いているように見えたのだ。

静かに、ゆっくりと、惣右介は立ち上がった。

悲しげな声で、しかし力強く、惣右介は言った。

「一平さん、あなたのお陰で総てのパーツは揃いました――」

三

祭りの当日、快晴の朝。

観光客たちを乗せたフェリーが葦船島に到着した。

賑々しく演奏される三味線の音色に吸い寄せられるように、人々は埠頭から入江屋の店先への流れを作る。

島全体を劇場と見立ててのことなのか、遥々やって来た観光客へのサービスなのか、入江屋の店先では開幕前の清め舞い『幕開き三番叟』が華やかに披露されていた。

金と黒のストライプの烏帽子。黒地に金彩、赤い掛け衿の派手な直垂《ひたたれ》。二人の黒子に操られた恵比寿顔の人形が、ダイナミックな舞いを踏んでいる――。

観光案内所のカウンターから、一平は観光客たちの笑顔を眺めた。

一見、島での珍しいイベントを見物にやって来た「旅行者」風の客が多い。しかし当然、文楽目当てにやって来た「文楽ファン」も大勢いることだろう。

その文楽ファンの人々は、今日の上演形式を一体どう思うのだろうか――？

昨晩島に戻った長谷太夫は、弦二郎の脳には幸い異常がなかったこと、しかし、骨折した足をギプスで固定し、しばらく入院する必要があるという報告を持ち帰った。

文楽一座の人々は昨夜遅くまで協議を行い、各所にも散々連絡を取った結果、三味線二挺だけでの上演を決断したという。

今回の演目『阿古屋』は源平合戦の頃、恋人、平景清《たいらのかげきよ》の行方を詮議される遊女阿古屋が主人公の物語なのだという。琴、三味線、胡弓――三つの楽器の音色で、阿古屋の証言の真偽が問われるクライマックスこそが、弦二郎が弾くはずだった『三曲』なのだという。

その重要な楽器抜きでの上演は、はたしてドラマとして成り立つものなのだろうか――？

文楽一座の人々にそれを尋ねるのはさすがに気が引けるので、一平は出来れば惣右介にその点を尋ねてみたかった。しかし、昨晩再び出かけた惣右介の帰りは遅く、今朝も今朝で早くから出掛けてしまい、その後、一平は惣右介と話すことが出来ていない――。

と、店先で大きな拍手が沸き上がった。

「いずれも様にには後ほど、葦船神社の芝居小屋にて――」

演奏を終えた三味線の静作は口上を述べ、縁台の上で深々と頭を下げた。

舞い納めた三番叟は楽屋代わりの入江屋の奥へと下がる。

拍手は徐々に小さくなり、人だかりが三々五々に散らばり始める。

三味線の静作も縁台を降り、こちらに向かって歩いて来る。

静作が土間に足を踏み入れたその時、店先から「あの……」と低い声が響いた。一平は声の方向に目を向けた。そこには一組の小柄な老夫婦が立っていた。

少し猿に似た、平たい顔の老人はにこやかに言葉を続けた。

「伊勢太夫さんは、まだこちらにおいでですやろか？」

「え？　伊勢師匠ですか？　三番叟の僕ら以外は皆、もう小屋に行ってますけど……」

隣の婦人とちらりと視線を交わし、老人は残念そうに言った。

「ああ、さよか。久々に、ちょっとご挨拶したかったんやけど……」

「失礼ですが、どちら様で」

「いや――」わずかな躊躇いを見せ、老人は応えた。「大昔、私《あて》も文楽におったんです。冨澤瓢太《ひょうた》郎《ろう》という名前で……伊勢さんと同期やったんですわ」

「ああ！　そうなんですか！」古い先輩に、静作は満面の笑みを見せた。「楽屋にご案内しますから、よろしければどうぞご一緒に」

「いや、お気持ちは嬉しいねんけど、私《あて》は昔、文楽から逃げ出した人間やさかい……。ここでなら、マァ会うのも許されるかと思てんけど、文楽の舞台裏に足を踏み入れるのは、やっぱり気が引けるによって。……客席から、お姿拝見させてもらいますわ」

老人は微笑み、夫人と頷き合って静作に背を向けた。

「え？　そんな……」

　引き留めるように静作は手を突き出した。

「……あの」一平は思わず言葉を挟んだ。

　老夫婦と静作は振り返る。

　一平は老人の顔をまっすぐ見つめた。咄嗟の思い付きを、一平は頭の中で整理する──。

「あの……素人の考えなんで、アホなことを言ってしもたら許して下さい」

「ん？　何かいな？」

「元プロとして、阿古屋の『三曲』を今日弾いて欲しい──そんなことを頼まれても、それは、やっぱり難しいものなんでしょうか？」

「え？」

　老人は目を丸く見開いた。

　静作も啞然としている。

「……」

　しばらくの沈黙を挟み、老人は愉快そうに笑った。

「いやァ、それはとてもやないけど難しわ。特に私《あて》なんて、自分の力を見限って廃業した人間なんやさかい」

　老人は軒先に一歩踏み出し、遠く神社のある高台を仰いだ。

「……マァ、段平さんほどの天才にやったら、出来たことかもしれへんけどなァ」

＊

開演の三十分前となり、一平は店番を母に任せて神社へと向かった。

島内の道々、道の先に見える神社の境内——ここかしこに人の姿が見える風景は、まるで島が島でなくなったかのような不思議な眺めだった。

鳥居をくぐり、境内に足を踏み入れたその時、拝殿の方向から潑溂とした女の声が響いた。

「一平くーん！」

一平は声の方向に顔を向けた。

三好英子とその母、ミヨシ理髪店の女主人だった。腰の曲がった三好夫人はいつもの前掛け姿ではなく、品の良いワンピースでめかし込んでいる。

一平の目の前までゆっくりと進み、三好母娘《おやこ》は立ち止まった。

「雪絵ちゃんは、やっぱり店番？」

「はい、何回か誘ってはみたんですけど……」

「マア、ご商売熱心ねぇ」

冗談めかして笑い、英子は母親の耳に口を近づけた。

「雪絵ちゃん、やっぱり文楽には来ないんだって」

三好夫人はこくりと頷く。

「そう。それは残念やねえ」

「そういえば――」一平は少し腰を屈めた。「昨日、うちのお客さんがお邪魔しませんでした？　色の白い、若い男の人」

「え、ああ。そう言えば、どなたか見えてたねえ」

「何の話、してました？」

「んー。何やったかしらねえ」

三好夫人はほほほと笑う。

隣の英子は眉を顰めた。

「あら……。お母さん、昨日のことも思い出されへんようになってしもたの？　ちょっと、頑張って思い出してみて頂戴よ」

「え――？」困惑したような、とぼけたような笑みを浮かべ、三好夫人は流暢な口調で言った。「昔のお客さんのこととか、最近の文楽の話とか……他愛もないお喋りをしただけよ。ホラ、ぼちぼち小屋に入らへんと」

矍鑠《かくしゃく》とした足取りで、三好夫人は一番太鼓が響く小屋の方へと歩み始めた。

夫人の背後、一平と英子は黙って顔を見合わせた。

小屋の脇にキャンピングカーが停まっているのをなんとなく確認し、一平は芝居小屋の木戸をくぐった。

大勢の客で客席の床はすでに見えない。左右の桟敷にも隙間なく客が並んでいる。定式幕で舞台と隔てられた客席には、今まで島で感じたことがないほどの活気と熱気が充満していた。

「お、一平くーん！　こっちや、こっちー」

花道寄り最後列の枡から、生島宮司が中腰になって手招きをした。

枡の桟を跨ぎ、一平は宮司の隣の座布団に腰を下ろした。

「……すごい人ですね。昔も、こんな感じやったんですか？」

「境内は昔の方が断然賑やかやったけど、小屋の中だけは、ほんま、昔に戻ったみたいな賑わいやわ」

「あの……海神さん見かけませんでした？」

「ああ、あの人なぁ――」ばつが悪そうに、宮司は頭を掻きながら答えた。

「小屋が開いてすぐ、楽屋で文楽の人らと何やら談判して、そのまま舞台裏にいるみたいやで」

「舞台裏ですか？」

黙って頷き、宮司は半ば独り言のように続けた。

「……こないだは、あの人に恥ずかしい対応をしてしもたな」

「……」

何と応えれば良いのか判らず、一平も黙って定式幕を見つめる。

しばらくして、一平は仕切り直すように言った。

「やっぱり、今日は琴と胡弓なしで演《や》るんですかね」

「え？　ああ、どうやらそうらしいなぁ――」

入口の方をちらりと気にし、宮司は続けた。

「……そういえば、入口にその旨書いて貼り出すって言うとったけど、何も出てへんかったな。一平くんは、何か貼り紙見かけたか？」

「いや、特には何も……」

一平が首を振ったその時、幕の向こうで拍子木がリズムを刻み始めた。

カン、カン、カン……という音とともに、客席のざわめきが鎮まってゆく。音は徐々に速くなり、そして、おもむろに幕が上手から下手へと開いてゆく。

舞台の上、阿古屋が取り調べられる白州のセットが現れる。

と、上手の文楽廻しがくるりと回り、太夫二人と三味線二人が現れる。

「カン――」舞台の端、黒子が拍子木を打ち納めた。

トォーザイ

このところ相勤めまするは、壇浦兜軍記『阿古屋琴責めの段』。

相勤めまする太夫、冨竹伊勢太夫。

冨竹長谷太夫。

三味線、冨澤段史郎。

冨澤静作。

トーザイ、トー、トォーザーィ……

段史郎が撥を振り下ろし、『阿古屋』の一段が始まった。

〽 鳧《かも》の脛《はぎ》 短しといえども
　これを継がば 憂いなん
　鶴の脛《はぎ》 長しといえども
　これを断たば 悲しみなん――

伊勢太夫が冒頭の置浄瑠璃を語り始める。

場内、微かに残っていたざわめきの余韻はみるみるうちに鎮まってゆく。床の上、口火を切った名人二人とそれぞれの弟子たち二人、四人の神経も芝居の中に没入してゆく。

だが、しかし――。

阿古屋を取り調べる秩父庄司重忠《ちちぶのしょうじしげただ》の役を語る長谷太夫。

出番までしばらく間のある胸中に、わずかな懸念が燻《くすぶ》っていた。

「今後のことで、もし友人の海神から何か提案があれば、彼の言葉に従って欲しい――」昨晩付き添った病院のベッドの上、容態が落ち着いた弦二郎は言ったのだった。

その男は今朝、文楽一座の打ち合わせの場に現れ、そして奇妙なことを申し出たのだ。

普通なら、それは到底受け入れられない提案だった。しかし、他ならぬ弦二郎の願いもあった。長谷はその提案を擁護して、迷いをみせる人々に決断を促したのだ。

だが、しかし――。

その判断は本当に正しかったのだろうか？

当初の予定通り、詫び口上に事情の説明、三味線二挺の編曲版に変更するのが正しい選択ではなかったたか？

今更ながらの後悔に、長谷の心は揺れていた。

＊

伊勢太夫と入れ替わり、長谷太夫が重忠の役を語り始めた。

〽『コリャヤイ阿古屋　今日もまだ白状せぬよし
ハテサテしぶとい　何ゆえ言わぬ』
舞台の上、白州《しらす》の上段には判事の重忠。
下段白州には華やかな花魁《おいらん》装束の遊君阿古屋が座っている。

そしてその下、最前列の枡席。三好夫人は娘と並んでじっと人形を見つめている。


久しぶりの文楽。

あの日以来、まさに四十四年ぶりの文楽。

島に再び文楽が還ってくるこの日を、どれほど待ったことだろう。

文楽が来なくなって、停まってしまった島の時間。その時間が再び動き出し、往時のことがまるで昨日のように目に浮かぶ。

だが、しかし――。

昨日の青年は、四十四年前のあの日、店に来た客のことを何故知っていたのだろう？

あの人の不幸。

その不幸に追い打ちをかけた、想像を絶する災い。

それを知っていたからこそ、今まで誰にも話さなかったあの人の正体。

海神という若者は、まるで傍で見ていたかのように、あの日のミヨシ理髪店での出来事を語ってみせた。そして、続けて言ったのだった。

あの人の不幸に終止符を打つため、真実を明らかにしたいのだ――と。

〽『阿古屋を拷問の責め道具は、某《それがし》かねて拵《こしら》え置いたり。誰かある。持参せよ』
ト仰せに従い持ち出ずるは、いとも優しき玉琴に

三味線、胡弓とり添えて　音締《ねじ》めもさぞと白州なる……

阿古屋の前に三種の楽器が並ぶ。

＊

師匠の隣で伴奏しながら、ツレ三味線の静作は迫る不安と闘っていた。

阿古屋の前に楽器が並べられた。『三曲』は間もなく始まる。『三曲』の奏者は、遅くともこのタイミングまでに床に現れなければならない。しかし、静作の隣はいまだ無人のままだ。

人形が本当に曲を弾いてくれれば……初めてそんな馬鹿なことを思った。

「詫び口上はせず、編曲も行わず、予定通り芝居を進行して欲しい——」突然現れた男の言葉に、師匠たちはなぜ従ってしまったのだろう?

巡業の失敗を目論む男の策略に、一座は陥ちてしまったのではないか——?

編曲版に切り替えて、やはり、自分は『三曲』を補うべきなのではないか——?

静作の逡巡は続いた。

しかし、迷いは一層心を追い立て、あれよという間に『三曲』の出だしにまで静作を押し出してしまった。

〽　調べ掻き、鳴らし……

伊勢太夫の語りが『三曲』の始まりを告げた。

師の段史郎は撥を振り上げ「ンッ――」と息を溜める。

師の合図に合わせ、静作は迷いを断ち切るように撥を振り下ろした――。

その時だった。

ポロロン――

伸びやかな琴の音が、どこからともなく小屋に響いた。

＊

始まった『三曲』に瓢太郎は唖然とした。

瓢太郎夫妻が座る下手桟敷から、上手の「床」は丁度正面に見える。

しかし、本来居るべき床の上、琴の奏者の姿はない。琴の音は舞台の上、上手二階の御簾《みす》の中から響いているのだ――。

文楽の演奏と演出は意外と自由なものである。しかし、御簾内に隠れた『三曲』の演奏など、瓢太郎は今まで見たことも聴いたこともなかった。
この段で一番目立つ儲け役は、なにはともあれ『三曲』の奏者なのだから。

〽　影というも　月の縁《えん》
　清しというも　月の縁
　かげきよき　名のみにて……

伊勢太夫が曲に合わせて劇中曲を唄う。
巳之作が遣う人形が琴手を動かす。
御簾内から優美な琴の音が響く。
そして、段史郎と静作の三味線が息ぴったりの伴奏をする——。

番付で『三曲』の奏者は冨澤弦二郎となっていた。
しかし、以前大阪で聴いた生真面目なその手と、今日の調べの印象はあまりにも違う。
以前の印象は、精緻。今日の印象は、巧妙。
似た言葉ではあるが、そこには大きな違いがあった——。
そういえば黒子も、口上で『三曲』の名を言わなかった。

この妙なる琴の音は、一体誰の手なのだろう？

＊

〽『……聞き届けしが詮議は済まぬ
　この上は三味線弾けい』

重忠の下知で、阿古屋の楽器は琴から三味線に替わった。

その瞬間を、段史郎は心待ちに待っていた。

この見事な琴の弾き手と是非三味線を競いたい――三曲の一《クチ》を弾きながら、段史郎は心底思っていたのだ。

弦二郎の友人だという青年が連れて来た「救いの神」

その正体は明かされぬ。御簾内への出入りも見せぬ。

そんな不遜な助っ人を一座が受け入れたのは、今回の状況に、皆、なにやら因縁めいたものを感じたからだ。

その奏者は本当に救いの神なのか――？

あるいは身の程知らずの闖入者か――？

主三味線の段史郎には、撥でその真偽を糺す責任があった。

〽思い込んだる操の糸
　心の天柱《てんじ》引き締めて……

『三曲』の二曲目――三味線の三重奏が始まる。

同じ楽器、ピタリと息を合わせ、時にズラし、即《つ》かず、離れず。まるで競い馬のように、床の二挺と御簾内の一挺――三挺の三味線は技倆を競う。

段史郎は持てる技巧と魂魄を尽くし、見知らぬ三味線との間合いをはかる――。

徐々に熱を帯びる競演のさなか、段史郎はハッと我に還る。

二人の威勢に気圧された静作のツレ弾きが、崩壊寸前にまで追いつめられている……。

段史郎は我を忘れた未熟を恥じた。

だが、しかし――。

その心には、思いもよらぬ充足感が満ちていた。

*

〽『この通りでは済まされぬ
　ソレ、胡弓擦れ　胡弓擦れ――』

阿古屋は三味線を胡弓に持ち替え、弓で弦を擦り始めた。

鉄を切る様な甲高い胡弓の音が、御簾内から流れ始める。

その音は小屋の外、桟敷脇のキャンピングカーの中にまでも聴こえていた。

革張りの運転席で新聞を読んでいた野呂圭太は、耳慣れないその音にふと視線を上げた。

高音域をゆらゆらと彷徨うエキゾチックな音色は、愛嬌があるようでもあり、哀愁を含んでいるようでもある。

高笑いする子どものような……。

すすり泣く女のような……。

野呂はちらりとルームミラーを見上げた。久太夫は建物寄りのソファーに座り、窓に耳を近づけるようにわずかに体を傾けている。


しかし、いつ見ても気味の悪い男だ――。

飲み仲間の画商に紹介され、マネジメントを引き受けて約二年。普段の連絡はほとんどメール、会ったことも今まで数える程度しかない。人形の中の姿はもちろん、声すら聞いたこともない。人間らしい生気を微塵も感じさせない、能装束の不気味な人形――。

だが、しかし――。

楽器の音色にじっと耳を傾ける久太夫の姿に、野呂は初めて生身の人間の気配を感じていた。

〽吉野《よしの》竜田《たつた》の花紅葉
更科《さらしな》越路《こしじ》の月雪も
夢と醒めては跡もなく……

人形の中に閉じ籠った久太夫は、胡弓の音にじっと耳をそばだてている。

＊

〽『阿古屋が拷問ただ今限り！
景清が行方知らぬと言うに、偽りなきこと見届けたり！』

長谷太夫の高らかな裁きの声に、伊勢太夫は阿古屋渾身の歓喜で応じた。

〽仰せに阿古屋は　かたじけ涙
「ありがとう存じます」と、言葉に尽きぬ悦び涙――

『三曲』を無事に語り切った伊勢太夫の心は、阿古屋と同じく安堵と悦びに満ちていた。自らの音楽で真実の所在を証明しなければならない阿古屋の純心――。惣右介が連れて来た「救いの神」を信じる己の心――。虚と実の二つの心は客席と舞台の間、床の上で完全に一つになっていた。

そして同時に、伊勢太夫は確信していた。

この『三曲』の奏者は、四十四年前のあの三味線に間違いない……。

〽つどつど御礼も延べ棹に　長居は畏《おそ》れこのままに
すぐに御前を三下《さんさ》がり　秩父は正しき本調子《ほんちょうし》
撥利生《ばちりしょう》ある糸裁き　直《す》ぐなる道こそ　ありがたき。

院本《まるほん》への敬意、そして多くの苦難を乗り越え、「文楽」という芸が今の今まであり続けてくれたことへの感謝を込め、伊勢太夫は高々と床本を押し戴いた――。

客席に大きな拍手が沸き上がった。

徐々に速まる拍子木とともに、芝居の幕は閉じてゆく。

一平も我に返って一心に掌を打った。

とにかく凄いものを観た、聴いた――一平ですら解った。

他の観客たちも同じ気持ちに違いない。すさまじい拍手の勢いが、それをありありと物語っていた。

どれくらい掌を叩き続けただろう。ようやく拍手の波は収まり、ぽつりぽつりと客が座を立ち始めた。

一平は隣の宮司に顔を向けた。

呆然とした表情で、宮司も一平に顔を向ける。

「……」

互いにしばらく言葉が出ない。

「いやァ――」唸り声を前置きにして、宮司は言った。「すごかったなァ。特に『二曲』……神がかってたというか、何というか……」

「はい、僕にでも解りました」

「一寸、楽屋に会いに行ってみよか？」

「え――？」

それは是非、一平も願うところだ。

しかし、宮司は「あ……」と言って眉を顰めた。

「舞台裏には花道と舞台を通らんと行かれへんから、お客さんがまだ大勢いるうちは、さすがにちょっと、きまりが悪いなぁ……」

ああ、たしかに——。

「そうですね。片付けが始まるまで、少し、待ちます?」

「せやな。逆に言えば『三曲』の弾き手も、お客さんが捌けるまでは何処へも逃げられへんのやしな」

宮司が言ったその時、二人の背後に聞き慣れた声が響いた。

「……残念ながら、あの人はすでにお帰りになりましたよ」

え?——一平は驚き、宮司と共に背後を見遣った。

板の間の柱にもたれる惣右介の姿が、そこにはあった。

「あれ? あんさん、舞台裏にいたんやないのか……?」

不思議そうに宮司は言った。

「はい、いましたよ。『三曲』の演奏家の付き人としてね」

惣右介は冗談めかして応える。

「せやったら、どないしてここに——?」

「え?」 どうしてそんなことを聞くのか?——という風に惣右介は首を傾げた。

首を傾げるのはこっちの方だ。舞台裏から大野が消えた『密室』の謎と、これは全く同じこと

ではないか――。

席を立ち、一平は惣右介に駆け寄った。

「海神さん、どうやって舞台裏の密室から、ここに？」

「ああ、密室ね――」惣右介は微笑んだ。

「覚えてます？　昨日お話しした『密室』の定義」

「へ？」

突然の質問返しに驚き、一平はおかしな声を上げてしまう。

惣右介は人差し指を立てて言う。

「『密室には秘密の通路や抜け穴があってはならない』」

「――あ、はい。そうでした」

「たしかに、この芝居小屋には秘密の通路も抜け穴もありません。けど、堂々とあるじゃないですか。秘密でも何でもない、公然の抜け穴が――」

惣右介は舞台の左端に視線を向けた。

一平は振り返り、惣右介の視線の先を見る。

惣右介は花道を見ていた。

花道？――客席から丸見えのこの道が抜け穴だと？

視線を戻した一平に、惣右介は穏やかに言った。

「……花道がある以上、花道背後の揚幕《あげまく》からも役者は登場しなければなりません。つまり、花道

があるということは、当然、その下にも道があるということを意味します。これは秘密でも何でもない、公然の通路です」

一平は惣右介の斜め後ろに目を向けた。

花道の突き当たりの板の間の陰、幕が掛かった小部屋のような一角がある。

「あ……」

大野も、惣右介も、三曲の奏者も、ここからこっそり外に出たということか——タネを明かせば密室どころか、謎とさえも言えない単純な話だ……。

だが、しかし——。

「でも海神さん、どうして大野さんはそんなことを？」

軽く頷き、惣右介は神妙な口調で応えた。

「何故そんなことをしたのか？——その思考のプロセスは、そもそもはっきりしていました。しかし、何が大野さんをそんな思考に導いたのか？——最後までそれだけが判りませんでした」

一拍置いて、惣右介は続けた。

「しかし今日、すべての謎は解けました。——四十四年にわたる不幸と誤解を解くために、真実が隠蔽された『本当の密室』を、僕たちは開かねばなりません」

一平の瞳を見つめ、惣右介は静かに言った。

「一平さん、客観的な証人、善意の第三者として、この結末に立ち会って下さいますね——」

大詰

解毒の段

一

茜色の波間に白い航跡を残し、臨時の最終船は葦船島を去って行った。

文楽一座で客室が埋まっていたため、今日、入江屋に泊まる観光客はいない。しかし、その技芸員たちも、続いた不慮の出来事への対応のため、予定を繰り上げ最終船で去ってしまった。

ついさっきまで待合として賑わっていた入江屋も今やまさしく祭りのあと。一平とともに客席を片付け終わった両親は厨房の後始末に勤《いそ》しんでいる。

夕陽が差し込む無人の店先、一平は外したエプロンをそっとカウンターに置いた。

間もなく、惣右介に指定された時間――。

「秘密を秘密でなくすことだけが、不幸を終わらせる唯一の方法」――惣右介は言った。

そもそも不幸とは何を意味するのか？——一平には解らなかった。しかし、それも含めて、今から一平は惣右介の解決を聞きに行くのである。

秘密を秘密でなくすため、その場に立ち会うこと——それが一平の役目なのだという。

「……ちょっと、出掛けてくるね」

奥の両親に向けて言葉を残し、一平は入江屋を後にした。


玉島寺の門前に惣右介は立っていた。

土壁に長く伸びる影を伴に、一平は惣右介のもとに駆け寄った。

「すいません……お待たせしました」

「いえ——」惣右介は穏やかに微笑む。「わざわざお出で下さって、ありがとうございます。お店は一段落しましたか？」

「はい。もう、いつもの静かな店に戻りましたよ」

「そうですか……。今からお見えになる方を、僕はもう少しここで待っています。一平さんは一足先にお堂の中に——。席はもう用意しています」

「はい……わかりました」

出来ることなら惣右介と行動をともにしたかった。しかし、彼の考えに従うことが、ここから先の自分の務め——。

一平は神妙に頷いた。

＊

障子が受ける夕照で、堂内は燃えるような茜色に染まっていた。

「……呪詛《しゅそ》諸毒薬《しょどくやく》　所欲害身者《しょよくがいしんじゃ》　念彼観音力《ねんぴかんのんりき》　還著《げんじゃく》於《お》本人《ほんにん》」

祭壇に向かい、尼君は静かに経を唱えていた。
声を掛けて良いものかどうか迷い、一平は入口の障子の隙間から堂内をしばし眺めた。
尼君と一平を結ぶ堂の正中、入口寄りに床几が一脚、座面を広げて置かれている。
向かって左の障子の前には座布団が二枚。右の障子の前には一枚。
堂内には尼君以外に四人分の席が準備されている。

「観音妙《かんのんみょう》智力《ちりき》　能救世間苦《のうぐせけんく》――」

一平の気配に気づいた様子で読経を止め、尼君はゆっくりと振り向いた。

「入江屋さんの坊ちゃん……来てくれはったのね。どうぞ、そこのお座布《ざぶ》に」

か細い声で言いながら、尼君は二枚並んだ座布団に視線を向けた。

どうやらそこが、惣右介と一平の席のようだ。

「……お邪魔します」

堂に入って障子を閉め、一平は二枚並んだ手前の座布団に腰を下ろした。

尼君は祭壇に向き直り、聞こえないほど低い声で読経を再開する。

二本の灯明が揺れる、古い仏画を祀った祭壇。

祭壇の左手、黒くて大きな厨子。

祭壇の右手、母屋へ続く閉じた木戸。

ぼんやりと虚空を眺めながら、一平は待つとはなしにその時を待った——。

*

間もなく陽は落ち、堂内の色彩は茜から藍へと変化した。

外で砂利を踏む車の音が聞こえた。門前で停まったエンジン音の静けさは、あのキャンピングカーのものに違いない。

ドアが開閉する音が小さく聞こえたあと、外は再び静かになる。

しばらくして、足音が二つ、ゆっくりとこちらに近づいて来る。

堂の前で停まった足音は、ややあって階《きざはし》を上り始める。

「——？」

一平は違和感を覚えた。

足音に混ざり、二本の棒で板を叩くような「コツン、コツン」という音が響いている。

梅本久太夫という人は、松葉杖でも使っているのだろうか――？

障子の向こうで音は止まった。すでに外は暗く、障子に影は映らない。

「ご免下さい――」

惣右介の声とともに、静かに障子が開いた。

「――？」

一平は我が目を疑った。

惣右介の隣には人間ではなく、車内にあった等身大の人形が立っていた。

久太夫本人ではなくその人の作品を、惣右介は運んできたというのだろうか――？

濃地のきものと羽織。手には細い竹の杖。伸び放題に爆発した、ボリュームのある黒い髪。

そしてその顔に嵌められた、眉間に皺を寄せ、苦しそうに目を閉じた男の能面――。

長谷太夫が『お能の俊徳丸』と言ったその人形は、まるで人間のように絶妙なバランスで立っている。

「お手をどうぞ――」惣右介は言い、人形の前に手を伸ばした。

と、人形の腕がゆっくりと持ち上がり、硬質に輝く指が惣右介の掌を取った。

「ヒッ！」一平は思わず小声で叫んでしまった。

人形は杖を前に伸ばし、ゆっくりと前進する。

足袋を履いた足はまるで靴の木型のように硬直して動かず、擦るようにしてゆっくりと畳を進む。

袖から覗く腕、衿から上の首——露出した肌は全て硬質に輝いている。

やはりどこからどう見ても、それは等身大の人形だ。

その人形が動いている不思議——一平にはまったく状況が理解できない。

*

惣右介に誘導され、人形は入口の少し先に置かれた床几に座った。

杖を持った手を膝に乗せ、俯く人形の体勢が安定したことを確認し、惣右介は床几の横からちらりと一平に視線を流した。そして、続いて尼君の背中に顔を向けた。

「智恵尼さん。会いたかった人をお連れしましたよ——」

名を呼ばれ、尼君はゆっくりと合掌を解く。

畳に手をつき、俯き加減で座布団の上で膝を動かし、尼君は堂内に向き直った。

躊躇うように顔を伏せ続け、しばらくして尼君はゆっくりと頭を上げた。

「……」

少し離れた正面に座る人形を見た瞬間、尼君の顔から血の気が引いた。

「……」

蒼ざめた尼君は微動だにせず人形を見上げている。人形も死んだように動かない。
尼君の前面の畳の上――。
人形の背後の障子――。
祭壇の灯明が、揺らめく大きな影を作っている。

＊

惣右介は一平の隣に移動した。

尼君寄りの座布団に腰を下ろし、惣右介は人形と尼君、向き合う二人を左右に眺める。

しばらくして惣右介は言った。

「まず、僕がお話ししてもよろしいですか？」

尼君は黙ったまま。

人形も微動だにしない。

続く沈黙を「諾」と解するように、惣右介は小さく頷いた。

「まず、久太夫さんにご紹介します。こちらは島の船宿『入江屋』のご子息、入江一平さんです」一平に視線を向け、惣右介は続けた。「今日、第三者である一平さんに同席してもらうことは、最も穏やかに『秘密』を『秘密』でなくすことになると僕は考えています。……そして、長らく真実を隠し続けてきた『密室』を開くことこそが、今日の最大の目的だと、僕は考えていま

す」

　動かぬ人形の顔を惣右介はじっと見つめた。

「冨澤弦二郎さんと僕は、あなたの大切な人のため、出来る限り尽力するつもりでいます。そのためにも、過去の秘密が秘密のままであってはいけない——そう、僕は思っています」

「……」

　人形はいかなる反応も見せない。さっき動いていたことが、まるで嘘のようだ。

　しばらくして、惣右介は尼君に顔を向けた。

「お渡ししたノートはお読み頂けましたか？」

「……」

　黙ったまま、尼君は静かに頷く。

　頷き返し、惣右介は宣言するように言った。

「冨竹長谷太夫さんが発見し、冨澤弦二郎さんが僕に託してくれたノート。失踪した人形遣い、犬童真悟君が書写したと思われるその奇妙な手記から、まずはお話を始めたいと思います——」

＊

「にわかには信じられないような話が、ノートには書かれていました。——母親に毒を飲まさ

れ、顔が変わってしまったという作者。……作者の母親は父親を殺し、その血まみれの生首を持って枕元に現れた。母の姿は黒い着物に袖頭巾、まるで『合邦辻』の玉手御前のようだった。狂ったように母は笑い、そして、父の生首は宙に浮かんで闇に消えた……」

尼君と人形――惣右介は見比べるように首を左右に動かした。

「普通に考えれば、現実のものではない荒唐無稽な創作物、幻想小説か何かの類……そう理解して当然の内容です。しかし、ここに書かれていることは、すべて実際に起きた出来事だったのだと、僕は考えています」

一平は驚いた。実は怪奇現象が起こった――惣右介はそんなことを言うつもりなのか？

惣右介は続ける。

「しかし、ここに書かれているのは作者の側から見えた景色です。作者にはこう見えたからこそ、作者は母を父殺しの真犯人だと思い、毒の件をも含め、母への恨みを綴るに至った――。しかし、『書かれた側』にとって、真相は一体どのようなものだったのか？――そちら側からの検証が、今日、ここで為されるべきなのだと思います」

一呼吸して、惣右介は続けた。

「……しかし、まずはこの手記の作者の正体をはっきりさせねばなりません。手記の内容から判ること、それは、作者がこの島で起きた首切り殺人の被害者の子どもである――つまり、冨澤段平さんのお子さんだと考えられること。そして、犬童真悟君がこの手記をわざわざ書写していることから、彼とも何らかの関係があると思われること――」

ゆっくりと、惣右介は人形に顔を向けた。

「先日一緒にお邪魔した五蘊書房の三郷さんが、先代久太夫さんの古いインタビュー記事を見つけてくれました。……先代には実子と養子、二人のお子さんがいらっしゃったそうですね。ともに人形工芸の弟子でもあった二人。しかし、皮肉にも実のお子さんにその適性はなく、インタビューの頃には既に廃業なさっていた。一方、養子であるお子さんには驚くべき天賦の才があり、ゆくゆくはその人物に、自らの仕事と名前を引き継いでもらいたいと、先代は考えていらした」

動かない人形をじっと見つめ、惣右介は続けた。

「また、先代はこんな話もされていたそうです。人形師として名乗っている『梅本久太夫』の名の由来は、師である松本喜三郎の『松本』姓にちなんだ「松《しょう》・竹《ちく》・梅《ばい》」の洒落のようなもの。自分の本名は、熊本由来の珍しい名前、『犬童』である――と」


犬童。

失踪した人形遣いと同じ名字――。

一平は思いを巡らせる。

つまり、人形の中に入っているのだろう人物は、先代の養子で、真悟さんの父？

……いや、真悟さんの父親は最近亡くなったと海神さんは言っていた。

という事は――。

淋しげな表情を浮かべ、惣右介は動かぬ人形に語り掛けた。

「久太夫さん……。段平さんの死後、ご両親と親交のあった先代久太夫氏の養子になったあなた。……あなたこそが、真悟君が文楽の道を擲《なげう》ってまで会いたいと願い、探した、彼のお母さんだったんですね――」

＊

人形はぴくりとも動かない。
尼君もじっと動かず視線を落とし、畳の影を見つめている。
と、にわかに祭壇の方から「ゴトゴト」と物音が響いた。
一平は音の方向に目を向けた。
音は祭壇の右脇、木戸の向こうから聞こえていた。
再び音がする。その音ではっきりする。
木戸の向こうで誰かが動く、それは明らかに人の気配だ――。
次の瞬間、鈍い摩擦音とともに木戸が開いた。
薄暗い堂内よりもさらに暗い渡り廊下、木戸の敷居の向こう側――。
そこには浴衣姿の男性らしき人影が正座し、床に手を突き俯いていた。

小刻みに肩を上下させ、辛そうに呼吸する人影。

その人影は、ゆっくりと顔を上げた。

「――！」

一平は驚いた。

写真で見た犬童真悟に間違いない青年――。

その顔の左半面には赤い大きな痣が拡がっていた。

二

痛々しい顔に悲痛な表情を浮かべ、浴衣の青年はじっと人形を見つめた。

コトリ――人形の方から小さな音が響く。

一平は青年から人形に視線を移す。

人形は青年に顔を向け、手にした竹の杖を足元に落としていた。

規則正しい畳の方眼に、落ちた杖は乱れた線を描いていた。

「あなたが……お母さん、ですか……？」

辛そうに言い、青年は浴衣の腿に手を添えて立ち上がった。よろよろと堂内に進み始めた青年

は、しかし、数歩進んで力尽きるように畳の上に崩れ落ちた。

惣右介は駆け寄って青年を支えた。一平たちの正面、もう一枚敷かれた座布団の上へ、惣右介はゆっくりと青年を誘導する。

青年を座布団の上に落ち着かせ、惣右介は斜め後ろからその左半面を見つめた。

しばらく観察を続けたあと、惣右介は囁くように言った。

「病院には行きましたか?」

肩で息をしながら、青年はちらりと背後に視線を向ける。

「はい、文楽を飛び出したあと、すぐに……」

「それは良かった——」惣右介は深く頷く。

「僕は冨澤弦二郎さんの幼なじみ、海神惣右介といいます。木戸の向こうで話を聞いてくれていたのなら、僕たちがここに来た理由は理解して下さっていますね?」

「……はい」

小声で応え、青年は申し訳なさそうに俯いた。

惣右介はじっと痣を見つめた。

「この症状は、やはり、帯状疱疹《たいじょうほうしん》ですね?」

「……」

しばらくの沈黙を挟み、青年は静かに肯《うなず》いた。

帯状疱疹――。

ストレスが原因で帯状《おび》の発疹が出るという、その病気の名前は一平も知っていた。

しかし、それは人間の顔をこんなにも激しく変形させてしまう病気なのだろうか？

惣右介はゆっくりと一座の人々を見渡した。

「神経節に潜伏していた水疱瘡のウイルスが、極度のストレスや免疫低下などの理由で突然活性化し、激痛と疱疹を引き起こす病――それが帯状疱疹です。神経に沿った帯状《おび》に疱疹が現れるので『帯状《たいじょう》』疱疹と言います。今回の真悟君の場合、主に症状が現れたのは顔の半面に走る神経、左三叉神経に沿った部分だったんです。……この病気の回復には初期の投薬と気長な安静が重要だと言いますから、病院に行ってから島に来たのは、大変賢明な判断でした――」

惣右介は再び痣に目を向けた。

「常に緊張状態にある舞台のプレッシャー、助成金の騒動と将来の不安、父上のご逝去、そしてもしかすると、その時知った母上の事、手記の事……諸々の要因が重なって、あの頃、真悟君はきっと極度のストレス下にあったのでしょう」

俯く真悟に、惣右介は穏やかに語り掛けた。

「少し、お尋ねしてもいいですか？」

「……はい」

「昨日、どうしてあなたは林道を歩いていたんでしょう？」

「それは――」真悟は申し訳なさそうに答えた。「大野さんが亡くなった場所に、掌を合わせに

行こうと思って……。それが、僕が道に迷ったばっかりに、弦二郎さんにとんでもない迷惑をかけてしもて……。ほんまに、お詫びの言葉もありません」

真悟はうずくまるように頭を下げた。

惣右介は首を左右に振った。

「いえ、それはあの人の運動神経の問題で、あなたのせいではありません。怪我をしたのは気の毒でしたが、舞台の怪我は幸いにもカバーが出来た――」

しばらく黙って、惣右介は言った。

「……あなたのお父さんについても、お教え願えますか?」

真悟は顔を上げ、斜め前の人形をじっと見つめた。

「僕の父の名は、犬童俊作《しゅんさく》――初世梅本久太夫の実の息子です。祖父の事、母の事……父は死の床で、初めて話をしてくれました」

痣のない右半面いっぱいに悲しみを浮かべ、真悟は続けた。

「祖父は腕の良い人形師、そして母は……犬童家に養子に来た義理の妹。生まれた僕を怖がって、母は部屋に籠って出て来なくなってしまった――。二人の仲を知った祖父の激怒もあって、父は僕を連れて家を出た……。父は後悔していました。あれ以来、母と解り合えぬまま今に至ってしまったこと。才能ある弟弟子へのコンプレックスで、人形作りの道を諦めてしまったこと。……しかし、追って詳しい話を聞かせてくれると言っていた父の容態は急変して、あっけなく死んでしまった」

「……」

堂内の誰もが黙って聞いている。

真悟は続けた。

「父が病院に持って来ていた荷物の中に、僕が書き写した元のノートがありました。……何を思ってそれを傍に置いていたのか、今となっては判りません。……けど、そのノートの裏には『玉島愛子《あいこ》』――と、父が教えてくれた母の名前が書かれていました」

真悟はじっと人形を見つめた。

「その時はまだ帯状疱疹だと知らず、謎の激痛に苦しんでいた僕は、もしこのまま自分が死んでしまうのなら、一目お母さんに会いたいと思いました。調べる気力も体力も失っていた僕は、ノートに書かれた島の名前と母の苗字だけを頼みに、このお寺を目指しました――」

真悟は尼君に視線を向けた。

深い情がこもったそのまなざしに、一平は二人の関係をあらためて確信した。

「お祖母《ばあ》さんは、到着した僕を親切に介抱してくれました。僕のお祖母さんであることを、お祖母さんは認めてくれました……。でも、海神さん……」

真悟は惣右介に悲愴な表情を向ける。

「こんなにも優しいお祖母さんが、お祖父《じい》さんを殺して、そして、お母さんに毒を飲ませたなんて、僕には、とても信じられない……」

尼君は黙って畳を見つめている。

人形も俯いたまま動かない。

智恵尼《ちけいに》ではなく、玉島智恵《ちえ》——。

梅本久太夫ではなく、玉島愛子——。

一平は心の中で、二人の「本当の名前」を呼んだ。

仏門の墨衣《すみごろも》、人形の硬い殻——それぞれに人生を封じ込めた二人の女性。

二人はじっとして動かない。


惣右介は人形に視線を向けた。

「我が子が勤める文楽に不穏な空気が漂い始めていることを心配し、何らかの情報を得られればと、あなたは五蘊書房からの取材依頼をお受けになった。そこで対面した僕から、真悟君が『母の所に行く』と言い残して失踪したこと、そして、顔の一件を知った。我が子にも『毒』の症状が現れてしまったのではないかという不安に、あなたは居ても立ってもいられなくなった。そして、あなたはこの島にやって来た——」

黙礼するように目を伏せ、惣右介は続けた。

「……あなたの苦しみの源、あなたが飲まされたという『毒』の正体——それが何なのか、昨日まで、僕はまったく見当がつきませんでした」

惣右介は辛そうに目を瞑《つむ》った。

誰もが言葉を発しない。

堂内に、無音の時間がしばらく続く。

「海神さん……」真悟が沈黙を破った。

「『毒』って、一体？　何でお母さんは、こんな姿に……」

微動だにしない人形に、真悟と惣右介は視線を向けた。

一平もじっと人形を見つめる。人形からは、いかなる感情も読み取れない。

意を決したように、惣右介は大きく息を吸い、口を開いた。

「一九六八年……九州なのか、他の地域なのかはわかりません。段平さんとともに旅回りをしていたあなたたち親子は、巻き込まれてしまった――。ダイオキシンの食品汚染『カネミ油症』の一件に……」


一平が調べたあの年の出来事の中に、確かにその事件はあった。

北九州の食品会社が製造・販売した食用油「カネミライスオイル」

製造過程のミスで混入した有機塩素化合物――過熱によってダイオキシンに変成したその猛毒入りの油を多くの人が摂取した史上最悪の食品被害。

被害者には大量の吹き出物、皮膚の変色、瘤、痛み、痺れ、内臓疾患など、類を見ない様々な症状が現れたという。特に女性への被害は深刻で、胎内でダイオキシンに被曝した次世代に影響が及ぶこともあったという――。

長い沈黙を挟み、惣右介は人形に言った。

「……ダイオキシンの毒に汚染された油を、不幸にも、あなたの母上は料理に使ってしまった。毒の被害に苦しめられたあなたは母上を恨んだ。一方、母親になったあなた自身も、胎内の赤ちゃんに毒を被曝させたかもしれないという恐怖に直面し、我が子と向き合うことが出来ず、自らの苦悩の中に閉じ籠った――」

辛そうに、悲しそうに、惣右介は眉根を寄せた。

「しかしこれは、僕の浅はかな想像に過ぎません。僕たちがどんなに想像力を働かせようとも、あなたたちの苦しみの本当の深さ、複雑さを、理解することは絶対に出来ないでしょう……」

ゆっくりと、惣右介は尼君に顔を向けた。

尼君は一層前屈みになり、畳に映る自分の影を凝視している。

「智恵尼さん」惣右介は静かに言った。「あなたが真悟君のお祖母《ばあ》さんであること、愛子さんの母上であること、そして、冨澤段平さんの奥さんであったことは、もう、説明するまでもありません。しかし、手記の内容を客観的に考え直すため、僕が調べて判ったこと、諸々の状況から推測されることを、順序立ててお話しさせて頂きたいと思います。よろしいですか?」

室内に重い沈黙が続いた。

揺れる灯明を背に、しばらくして尼君は小さく頷いた。

「昨日、僕はミヨシ理髪店を訪ねました。四十四年前、文楽の巡業の日に訪れた客があったので

はないかと思い、その事実を確認しに行ったんです。三好夫人は義理固く、なかなか話しては下さいませんでした。しかし、真相を明らかにすることこそが、その人の為になるかもしれないということ、僕の行動が決して興味本位のものではないことを心を尽くして説明した結果、あの人は教えて下さいました――」

惣右介は俯く尼君を見つめた。

「あの日、玉島寺の道昭さんの姪御さん、つまりあなたが、思いつめた様子で長い髪を切りに来たということを」

「……」

黙り続ける尼君を、一平は見つめた。

髪を切ったということに、一体どんな意味があるのだろう？

その日、玉島智恵《ちえ》は剃髪して智恵尼《ちけいに》になった――そういうことなのだろうか？

「……ノートによればあの日の夜、あなたは黒いきものに袖頭巾を被り、愛子さんの枕元に現れました。それは何故か？『合邦辻』の玉手御前の扮装をしていたのでしょうか？　いいえ、違います。あなたが髪を切り、黒紋付を着ていた本当の理由、それは――」

惣右介は息を止めた。

一平は息を呑む。

真悟は悲愴な表情を惣右介に向けている。

尼君と人形は俯いたまま動かない。

ゆらゆら揺らめく灯明が、畳に、障子に、人々の影を大きく映し出している――。

惣右介は穏やかに言った。

「ポマードで撫でつけた髪と黒眼鏡、燭台の火を吹き消して『七化け』の末座に現れた謎の三味線――その正体が、男装をしたあなただったから。――そうですね」


「……」

堂内に沈黙が流れる。

尼君は俯いたまま黙っている。

「え？――」思わず漏らした一平の声が沈黙を破った。

「けど、素人にそんなことが出来るんですか？　今日の『三曲』も、まさか御前様が？」

惣右介はコクリと頷いた。

「文楽劇場の資料室に連絡して、演芸名鑑、素浄瑠璃の『葵太夫』の系統に関する資料を探してもらいました。師匠の名前の一字の下に自分に縁《ゆかり》の文字を入れるという芸名のパターンを、僕は想定したからです。その線から、その人物に関する小さな記述が見つかりました」

一拍置いて、惣右介は続けた。

「『三味線』と『語り』――一人二役を勤めることが出来た名人・豊竹呂昇《とよたけろしょう》以来の天才との評判だったにもかかわらず、若くして姿を消した娘義太夫『豊竹葵巴大夫』――それが、この方が名乗っておられた芸名だったんです」

悲しげな視線を向け、惣右介は尼君の本当の名前を呼んだ。

「そうですね、智恵尼さん。……いや、玉島智恵《ともえ》さん」

三

玉島智恵《ともえ》――。

有職読みの法名を名乗る前の尼君の名前を、一平は「チエ」だとばかり思っていた。

葵にトモエと書く『葵巴太夫』。

師匠の名前の下に自分に縁《ゆかり》のある文字を入れる――惣右介が話していた芸名のパターンに、答えは既に隠されていたのだ……。


玉島智恵。

葵巴太夫。

黒眼鏡の三味線。

子に毒を飲ませた母。

夫の生首を持って笑う妻。

そして、今、目の前にいる智恵尼――。

この人一人が、その六役の正体だったとは……。

しかし、もう一つ思い当たる『役』――その存在に一平の胸は痛んだ。

四十四年前の殺人事件の『真犯人』。

それをも含めたこの人の『七化け』が、事件の真相なのだとしたら……。

この結末にはいかなる救いもなく、この一家にとって、より残酷な真実が待っているだけなのではないか？


惣右介は尼君に顔を向けた。

「昨日お話を聞かせて下さった時、あなたは確かに、仏の御前《みまえ》で嘘をつくようなことはなさいませんでした。しかし、ご自身の複数の『役』をそれぞれ別けて語り、胡乱《うろん》に話すことによって、それが一人の人物であることをお隠しになった」

惣右介は眉を顰めた。

「……しかし、一つだけ解らない事があります。当時、古宇津保太夫は葵巴太夫と段平さんの奥さんの不義を言い立てていたといいます。この真相は、一体どういうことだったんでしょう？」

しばらくの沈黙のあと、尼君は俯いたまま言った。

「それは多分、造幣局の桜並木の通り抜け……」

じっと自分の影を見つめ、尼君は淡々と語った。

「桜の舞うその道を、私と段平は歩いてました。その日、風邪気味やった段平は、トンビに帽子、マフラーをぐるぐるに巻いて、遠くから見たら誰やら判らへんような格好をしてました……。葵巴太夫がいると聞いて探しに来た古宇津保さんは、多分、私と段平が手を繋いで歩く後ろ姿を人ごみの遠くから見て、葵巴太夫と私の不義の姿やと思い込まはったんやないかと思います……」

「……」

しばし黙って、惣右介は悲しげに言った。

「その年の桜は、綺麗でしたか――？」

尼君は静かに顔を上げた。

惣右介の瞳をじっと見つめ、尼君は寂しげに微笑んだ。

「ええ、とっても……。古宇津保さんには隠れて見えへんかったのかもしれへんけど、段平のもう一つの掌《て》は小さな娘の掌《て》を握って……。家族三人の、それが最後の幸せな旅路――儚《はかな》い雪のように消えた、綺麗な綺麗な、桜の舞う一日でした……」

懐かしげに言い、尼君は目を閉じた。

親子の頭上に舞う美しい桜吹雪が、一平の目に浮かんだ。

芝居小屋で聴いた美しい琴の音が、何故か心の中に甦った。

墨衣の下に自分を隠すのを、尼君はやめた――一平は直感した。

冨澤段平が惚れ込んだという娘義太夫としての才能。

人の心を動かす音楽と語りの力。

その俗世での天分は、墨衣の下、いまだに枯れ果ててはいなかったのだ……。

惣右介は言った。

「ここに至って、もはやあなたが真実を隠すことはないと信じています。しかし、あなたの告白だけに解決の全てを委ねてしまっては、強烈に愛子さんの記憶に焼き付いた『誤解』を解くことは困難だと思います」

惣右介は人形に視線を向けた。

一平と真悟も首を動かす。

障子に映った人形の影は大きく揺らめいている。しかし、人形は少しも動かない。

惣右介は堂内を見渡した。

「あの夜の出来事を奇怪な現象として捉えた愛子さんの視点。理由《わけ》あってあのような行動をとったあなたたちの視点——その二つを解《ほど》いて織り直す。……そのプロセスのために、あと少しだけ僕に話をさせて下さい」

左右に首を動かし、惣右介は確認した。

「お聞き頂けますか？」

「……」

尼君は無言のままわずかに頷いた。

一平はじっと人形の様子を窺った。

「……」

人形は黙って動かない。

しかし——。

一瞬、人形の首が小さく縦に動いたように一平には見えた。

しかしあるいは、それは灯明に揺れる影が生んだ錯覚だったのかもしれない。


「残る問題は生首です——『畳の上の首が、宙に浮かんで闇に消えた』。これは、一体どういうことだったのでしょう？　怪奇現象だったのでしょうか？　いいえ、そうではないでしょう。手記の中には、こんな一文がありました——『不気味な妖気が、お母さんの背後に揺らめいているかのようでした』……真悟さん」

呼ばれた真悟は惣右介に真剣な視線を向ける。

惣右介は言った。

「大阪文楽劇場、『合邦辻』の楽日、舞台を去ったあなたを探しに行った弦二郎さんは暗い階段の隅にうずくまるあなたの姿が、最初、周囲より濃い影に見えたそうです」

真悟は黙って聞いている。

一平も然り。

惣右介はかみしめるように言った。

「あの日、智恵《ともえ》さんとともに闇に紛れてお寺に戻って来るため、黒子の黒衣を身に着けた人物が、実はもう一人その場にいた――。智恵さんの背後のその人影を、愛子さんは『妖気の様な不気味な闇』と感じた。風呂敷が解けて露わになった首を、黒子は持ち上げ、身を翻してその場を去った。その黒子の背中に隠れて、首は闇に消えたように見えた――」

惣右介は尼君に視線を向けた。

「あなたたちのそんな行動が、愛子さんにはそのように見えてしまった。……恐らく、そういうことだったのではないでしょうか？」

「……」

尼君は黙っている。

「黒衣の中にいたのは……」惣右介は続けた。「お寺で亡くなっていたという事実から考えて、恐らくそれは段平さんだったのでしょう」

段平さん？――一平は眉根を寄せる。

首を失くした本人が、どうやって自分の首を持ち上げたというのだろう？　それこそ、正真正銘の怪奇現象ではないか。

堪らずに一平は口を開いた。

「……でも海神さん、自分の生首を、その本人がどうやって？」

「五蘊書房の資料にはこんな記述もあったようです――『久太夫作の生き人形は六〇年代後半ま

で、中国四国地方を中心に巡業していた見世物一座で使用されていた。生き人形が実際に見世物興行に使用されていた、それが最後の記録である』。……あの年の夏祭り、文楽の巡業と同時に葦船島に来ていた見世物小屋。親交のあった段平さんと久太夫さん。存続の危機を乗り越えて今に残った文楽と、時代の流れに消えてしまった生き人形。……二つの人形の芸術が同時にこの島に在った事は、あるいは、傀儡《くぐつ》の神、天の采配だったのかもしれません」

尼君に顔を向け、惣右介は言った。

「何らかの理由で血に汚れてしまった人形の首を、あなたたちは風呂敷に包んで持ち帰った。その血は、恐らく古宇津保さんのものだったのではないでしょうか？　しかし、古宇津保さんは芝居小屋裏の崖から転落して亡くなっています。遠い崖下、波に洗われたその血が人形に付くはずがありません。つまり——」

一拍置いて、惣右介は続けた。

「古宇津保さんは、本当は別の場所で亡くなった——それは芝居小屋の客席だった。血の海になったその現場を誤魔化すため、あなたは段平さんの首を最前列の枡の桟に置いた」

「……」

「冷静に考えれば、運ばれた首が置かれて血の海になるはずがありません。通常の調査が行われれば、血液の不一致も明白だったでしょう。しかし、事件が早急に処理され、生首の件も隠蔽されてしまったため、その単純な工作は思いがけず成功してしまった……」

真悟が声を上げた。

「でも、何で……何でお祖母《ばあ》さんはそんなおかしなことを……」

「それは、多分――」惣右介は淋しげな表情を浮かべる。「殺された人間と殺した人間を、実際とは逆に見せるためだったのではないでしょうか。如何でしょう？　誤りがあれば訂正して下さい」

惣右介は尼君を見つめた。

「……」

ゆっくりと身を起こし、尼君は人々に顔を見せた。

尼君は苦しそうに、しかし、それを堪えるような悲痛な笑みを浮かべていた。

尼君はかすれる声で言った。

「……訂正することはありません。何もかも、海神さんの仰言《おつしや》った通り」

その時、俯き続けていた人形がわずかに身を起こした。

それは、ほんの小さな角度だった。しかし、それまで畳の影しか見えていなかったであろう角度から、恐らく尼君の姿を捉える角度にまで、その眼孔《がんこう》は仰角を持ち上げたのだった。

「……」

一平も、惣右介も、そして真悟も、黙って人形の様子を窺い続けた。

しかし、人形はそれ以上は動かない。

惣右介は言った。

「真相のおおよその輪郭は以上です。しかし、ここから先、その夜に起きた出来事の顚末は当事

者にしかわからないことです」

惣右介は尼君に視線を向ける。

「今度こそ胡乱な言い方はせず、真実を語って下さいますね?」

「……」

黙ったまま、尼君はしばらく惣右介と向き合い続けた。

そして人形に顔を向け、その眼孔をじっと見つめた。

撥を持ち上げる三味線弾きのように、尼君は大きく息を吸い込んだ。

*

……あの日の真夜中、「大事な話がある」と古宇津保さんに呼び出されて、段平は芝居小屋に向かいました。

黒紋付に身を改めて出掛けて行った段平は、いよいよ古宇津保さんに私らの本当のことを打ち明ける覚悟に違いない——私は直感しました。段平の元相方で恩人でもあるあの人に、場合によっては、私も一緒に手をついて二人のことをお許し願わなあかん……私はそう考えました。

その日舞台に出た正装の黒紋付に着替えて、私は段平の後を追いました。

林道の近道を通った私は、段平よりも先に小屋に着きました。

表木戸から、私はそっと小屋に入りました。

灯された燭台が、舞台の上にはぽつんと一本――。

高さのある木箱に腰を掛けて、古宇津保さんは客席に背中を向けて座ってはりました。

客席の闇の中に身を潜めて、私はひとまず様子を見ようと思いました。

柱の陰から、私はじっと舞台を見守りました……。


ほどなく、舞台袖から段平が姿を現しました。

木箱に座る古宇津保さん、その正面に立つ段平――舞台の上で、二人は話を始めました。

相変わらず、自分の相三味線に戻って来るようにと説得を始める古宇津保さん。

私の悪口、葵巴太夫の悪口、旅回りの芸の悪口……いつもの話が始まりました。そして、あの日はこんなことも言うてはりました。「もしかしたら近々、国が文楽の座元になってくれるかもしれん。大阪に文楽専用の劇場を作ってくれる計画もあるらしい。……ドサ廻りの芸人がお国の認める『伝統芸能』の芸術家になれる、またとないチャンスなんやで」

「僕はそないなことのために、三味線を弾くんやありません――」段平は応えました。

そして、いよいよ意を決したように、段平は私の正体について話し始めました。

葵巴太夫は弾き語りの娘義太夫。その正体は自分の妻。そして、その葵巴太夫が『七化け』の穴を埋めた――。

「――どんな料簡で、お前は文楽の床に女を上げたんや！」

話を聞いた古宇津保さんは激怒しました。

今になって思えば、そのお怒りはごもっとも。

私らが男女の違いを超えた芸を目指すのは、それはそれ、私らの勝手。

文楽は文楽――男の世界。

皆さんの同意もなしに、あの時、私はしゃしゃり出るべきやなかった――。

けどその時、私もまだ若かった。

夫の舞台に空いた穴を何とか埋めたいという思い。男女の違いは芸の良し悪しに関係ないという信念。そして多分、自分らの芸に対する驕り――。

そんな思いで視野が狭うなってしもてた私は、段平に頼まれるまま髪を切って文楽の床《ゆか》に上がってしもた……。

それは確かに私らの料簡違い。私らの浅はかさでした。

後になって考えることが出来たなら、段平も自分の考え不足を理解できたと思います。

けどその日はまだ、舞台の穴を埋めた、良い演奏を聴かせることが出来たという気持ちの方が強かった。売り言葉に買い言葉、「男と女を分けて考えるのは時代遅れ」「進歩をやめた時点で芸能は死ぬ」――段平の反論で、二人の激しい言い合いが始まりました。

「お前はナァ――」しばらく言い争ったあと、古宇津保さんは低い声を響かせました。

古宇津保さんはおもむろに、それまで腰を掛けてた箱の蓋を開き、中から何かを摑んで取り出しました。

暗闇の中、私はじっと目を凝らしました。

私はギョッとしました。

古宇津保さんが持ってたのは……生首。

段平にそれを突き出しながら、古宇津保さんは言いました。

「お前の望みは、こんな下賤な見せもんになることか！」


それは九州でお世話になってる時、段平がモデルを務めた久太夫さんの生き人形の首でした。神社の境内、冷やかしに覗いてみた見世物小屋。『絶滅危惧職業鑑《かがみ》』という悪趣味な展示の中『旅芸人』と書かれて、三味線を弾くその人形があった。元相方として、あまりにも恥ずかしいから言い値で買い取ってきた――そう古宇津保さんは言いました。

「自分生き写しの人形を作る？　何様のつもりや！　思い上がりやがって！　その挙げ句がこの見世物のていたらく……。恥ずかしいとは思わへんのか！」

久太夫さんも、段平も、人形が流れ流れてそんな使い方をされているとは、まさか思ってへんかったと思います。「やめて下さい――」段平は恥じる様子で首を振り払いました。と、その拍子、古宇津保さんの手から首は落ちて、勢い余って客席の方へと転げて行きました。首はそのまま客席の暗がりに転げ落ちました。二人は同時に「あ！」と言うて、舞台の際まで駆け寄って下

の客席を覗き込みました。

私も暗闇から身を乗り出して、首の行方を見ようとしました。

けど、燭台一本だけが灯りの小屋。

段差の下は真っ暗闇。そこは客席やのうて、まるで奈落の底……。


しばらくして、古宇津保さんはゆっくりと段平の方に顔を向けました。

そして、冷たい口調で、思いもよらん一言を口にしはりました。

「……そういえばお前の子、罹《かか》ってしもたんやてなァ。……例の油症に」

＊

感情を抑え、それまで尼君は淡々と語り続けていた。

しかし、油症という言葉のあと、尼君はしばらく言葉を続けることが出来ず、俯き、辛そうに肩を揺らし始めた。

「……」

一平たちは黙って尼君を見つめた。

それ以外、一平たちに出来ることは何もなかった。

大きく息を吸い、吐きながら、尼君はゆっくりと顔を上げた。

悲愴な表情を人形に向け、尼君は話を再開した――。

＊

……文楽の人に、子どもの病気の話はしてませんでした。それやのに古宇津保さんがそれを知ってたことに、舞台の段平も、客席の私も心底驚きました。

古宇津保さんは言いました。

「そりゃ、ワシも可哀想やとは思うで……。けど、あの件が大きな騒ぎになればなるほど、ワシが懇意にしてもろてる義理ある人に不利益が生じる。……被害者団体の発起人に名を連ねてるお前を説得してきて欲しいと頼まれて、ワシは今回この島に来たんや」

客席の暗闇の中で、私は自分の耳を疑いました。

人の命と、自分の利益を天秤に掛ける……。

それがどこの誰なんか、不利益というものが何やったのか、私は今でも知りません。

けどその時、私でさえ、怒りのせいか、情けなさのせいか、自然と体が震えてました。

段平の性格から考えたら、あの人が尚更やったのは当然のことやったと思います。

それまでとは格段に空気も語気も違う、激しい言い争いが始まりました――。

古宇津保さんは宥《なだ》めつ賺《すか》しつ、時には脅すような口調で「余計なことをせえへんかったら、お

前にだけは仰山補償金が入るようにしたる」と段平に説き続けました。

「卑怯者」「見損なった」——と声を荒らげて段平は食って掛かりました。

話せば話すほど、男二人、互いに頭に血が上っていくのが遠目からでも解りました。

そしてとうとう、二人は互いの衿元と袖を摑み合って、舞台の際で組み合いを始めました。

危ない！——私が叫ぼうとしたその時、古宇津保さんが摑んだ段平の袖が破れました。

勢い余った古宇津保さんの体が、舞台の下、真っ暗な奈落の中に消えました。

撞木《しゅもく》で木を叩くような、「ぐわん」という大きな音が、小屋中に響きました——。

私は咄嗟に柱の陰から飛び出しました。

舞台の上の段平も私の姿に気付きました。

わずかな時間、段平と顔と顔を見合わせて、私は急いで古宇津保さんが落ちた辺りに向かいました。足で桟を探りながら、私は一階席の傾斜を前へ前へと進みました。

古宇津保さんが倒れてる枡へ私が着いたのと、段平が舞台の上からかざした燭台が古宇津保さんの死に顔を照らしたのは、確か、ほとんど同時やったと思います……。

燭台を脇に置いて客席に飛び降りて、段平は屈んだ体勢のまま這うように古宇津保さんに駆け寄りました。抱き起こそうと手を伸ばしかけ、けど、段平は思い留まって手を止めました。

不自然に曲がった首と、大量に流れる血からして、古宇津保さんはどう見ても……。

でも、もしかしたらと思って私は近づいて目を凝らし、脈を確認してみました。

やっぱり、あきませんでした……。

遠くの燭台にぼんやりと照らされる暗い奈落の底で、私ら夫婦は長い間、黙って肩を落とし続けました。

「……こうなってしもたら仕方ない。すまんが、細工を手伝ってくれへんか」

しばらくして段平は私の手を握りました。

私も覚悟を決めました――。

それ以上は言葉を交わさず、黙って、私と段平は立ち上がりました。

段平は舞台に上がって生き人形の箱を閉じ、楽屋の蔵に隠しに行きました。

待ってる間、私は古宇津保さんの掌に握られた段平の片袖を外しました。

舞台裏から戻ってきた段平は、黒子の衣裳に着替えてました。

段平が脱いだ黒紋付にくるんだ古宇津保さんの遺体を、私ら二人は楽屋に運んで、そして、窓から下の岩場めがけて……。


段平は一旦寺に帰ろうと言いました。

古宇津保さんの血が付いた人形の首は客席から探し出して、寺に持ち帰ることにしました。

やましい心を隠すように、段平の袖を頭巾代わり、私は頭に被りました。

林道の暗闇に紛れ、私ら二人は寺を目指しました。

それは、ともに旅を続けてきた段平との、暗くて悲しい、最後の道行《みちゆき》でした――。

寺に戻った私らは、真っ先に我が子の顔を見に行きました。

けど、お天道様《てんとさま》に二度と顔を向けられへんようなことをした直後……。罪の穢《けが》れが我が子にうつってしまうのが恐ろしかったのか、私も段平も、我が子に近づこうと思っても近づかれへん――。

枕元で少しの間我が子を眺め、段平は逃げるように部屋を出て行きました。

取り乱して、私も思わず泣いてしまいました。

その姿が、きっと笑い狂うてるように見えてしもた……。


「寺の裏門で、しばらく待っててくれ――」段平は私に言いました。

私は言われた通りにしました。

二人して海に身を投げる――私ら夫婦は、そうやって罪を償うしかない……。

きっと、段平はそう思てるに違いない――私は覚悟を決めて裏門で待ちました。

もちろん、病気の子どもを残していくのは辛かった。

けど、慈悲深い伯父がきっと手を差し伸べてくれるはず――。

ほんまに、愚かで、身勝手な考えです……。


しばらくして家着に着替えた段平が姿を現しました。

「ほな――」段平の短い言葉に頷いて、私らは石段を下り、崖を目指して歩き出しました。

けど少し進んだ所で、隣に段平の気配がないことに私は気付きました。

私は振り返りました。

そこには手拭いを口に咥《くわ》え、石段に腰を落とす段平の姿がありました。

夫の腹に刺さった銀色の刀が、月に照らされ光ってました……。

吃驚《びっくり》して、私は夫に駆け寄りました。

なんでこんなことを！――取り乱す私に、段平は苦しそうに答えました。

「過ちとはいえ、恩ある人を殺《あや》めてしもたからには、僕にはこうするしか他、道はあらへんなんだ。……堪忍や。……ただ、心残りは愛子のこと。病気の上に、人殺しの子――そんな負い目を背負わすんはあまりに不憫。せやから智恵《ともえ》、どうか僕の最後の頼みを聞いて欲しい――」

息も絶え絶えに、段平は言いました。

「……僕の首を切って、小屋の客席、血溜まりの上に置いてきて欲しい。そうしたら、僕が殺されて、古宇津保さんが身を投げた――そう、世間に思てもらえるかもしれん……」

私は断りました。

私も一緒に死ぬ――必死で言い張りました。

けど、あの人は言いました。

「恩人殺しの僕は、今から無間《むげん》地獄に落ちる。……せやから、生まれ変わって僕とお前がまた巡り会うことは、二度と決してないやろう。せやから、僕ら夫婦の比翼の縁……これが最後の願い

と思うて、どうか必ず、聞き届けてくれ――」

そう言い遺して、あの人は死にました……。

*

ゴトリ――静かな堂内に鈍い音が響いた。

一平は音の方向に顔を向けた。

人形の手首から先が二つ、人形の足元に転がっていた。

人形の袖の中、げんこつに握りしめられた本物の両掌が膨らんで見えていた。

人形の中にいる玉島愛子――その生身の存在を、一平はその時初めて感じた。

しかし、人形はそれ以上の動きを見せなかった。

人々も動かず、黙ったまま視線を畳に沈め続けている。


長い沈黙の後、惣右介は小さな声で言った。

「その後、どうして愛子さんは久太夫さんの元に？」

尼君は俯いたまま答えた。

「あの次の日から、娘の容態は急激に悪化しました。事件を知って、島に駆けつけてくれた久太夫さんは、九州の大学病院に娘が入院出来るように至急手配をしてくれました。自分の家

にいる時に起きてしまったこと——と、親切で立派なあの人は心を尽くしてくれはりました……」

ゆっくりと、尼君は正面の人形を見上げた。

「その反対にアホな私は、自分で命を絶とうとしたり、ただただ泣き暮らしたり、人としても、親としても、最低な日々を過ごし続けました。しばらくして、少しは落ち着きを取り戻した私は娘を迎えに行きました。けど、『毒を飲ませたお母さんを、私は絶対に許さへん』と——娘は一歩も近づくことを許してくれません……。当たり前です。我が子に毒を飲ませて、その上愚かな罪を犯した母親。子どもを残して、自分の命を絶とうとした母親。子を捨てるのも同然のことをした母親は、子に捨てられても仕方ない……。『我が子として育てたい』と言うてくれる久太夫さんに娘のことをお願いして、私は寺に入りました——」

悲愴な表情を浮かべ、尼君は娘を見上げた。

「許してくれなんて、とても言えません。詫びる言葉すらない。久太夫さんの家にご厄介になってる時、私が買ってきた油……。それで揚げたコロッケ……。いつも一人で留守番してくれてた利口で可愛い我が子に、何であんなもんを食べさせてしもたのか……。私が一人で食べたら良かった……。そうと知ったら、私が全部油を飲んだ……。もし『合邦辻』の芝居みたいに、母親の生き肝の血で毒が解けるなら、今この場ででも鳩尾《きゅうび》を裂いて……」

自らの襟元を両手で摑み、尼君は嗚咽《おえつ》とともに畳に崩れ落ちた。

胡弓の音色のように淋しい啜り泣きが、しばらくの間、堂内の空気と灯明を揺らし続けた。

ギギギ、ギギギギ――何かが軋む音がした。

一平たちは人形を見つめた。

腕を失った人形の上身《うわみ》は、揺れるように震えていた。

震えと揺れる灯明の影で、彫られた以上の苦悩が能面の上には浮かんで見えた。


しばらくして、堂内に小さな声が響いた。

「オ……ァ……ア」

声は人形の中から聞こえていた。

咽喉に不調があるのか、あるいは人形の中に籠ってしまうからなのか――その声は低く擦れて聞き取れない。

再び、人形の中から声が聞こえた。

「オカ……ァ……サン……」


お母さん――人形の呼び掛けに人々は気付いた。

人形の中、娘はより明瞭に言った。

「オカアサン……。オトウサン……」微かに聞き取れる小さな声が、堂内に響き始めた。

「……オトウサンは、なんで死んでしもたの……？

人殺しの娘になることより、オトウサンが死んでしまうことの方が、よっぽど不幸やと、なんで、オトウサンは気付いてくれへんかったの？

オカアサンも、なんで、嘘に嘘を重ねたの？

嘘をついて、誤魔化して、知らんぷりして、それで、不幸が消えると思たの？

世の中に『毒』を撒く悪い人らと同じ道を、なんで、オカアサンは選んだの――？」


訥々と、抑揚のない声で娘は言った。

静かな怒り、静かな絶望、静かな悲しみ――。

人形の中に長年閉じ込められていたのであろう思いが、その声には滲んでいた。


唐突に、真悟が座布団を蹴るようにして前進し、人形の足元ににじり寄った。

「お母さん。どうか……お祖母《ばあ》さんを許してあげて下さい。お祖母さんも、油が毒やなんて知らへんかった……。毒のことでも、事件のことでも、お祖母さんは想像も出来けへんような苦しみに遭《お》うてきた……。お祖母さんのことを、お母さん、どうか、どうか許してあげて下さい……」


と、人形の両袖の中から細くて白い人間の指が現れた。

ゆっくりと持ち上げられたその両手は、隠すように人形の顔を覆った。

涙の流れない顔を覆い、しかし、人形は泣いていた。

娘の声が再び響いた。

『毒』のことは、たしかに昔は恨んでた……。

でも、お母さんが悪くないことなんて、とっくの昔に判ってた……。

我が子を毒に曝した苦しみは、自分が親になった時、身をもって解った。

あまりの怖さに、私は赤ちゃんに目を向けられへんかった。

真悟さんの親に、私はなられへんかった——。

私の罪の深さは、お母さんどころやない……」


真悟に体を向け、人形はおもむろに立ち上がろうとした。しかし、パーツが欠損した人形はバランスを崩し、畳の上にどうと倒れてしまった。

「お母さん！」真悟は人形の体を支えた。

惣右介も駆け寄り、その人に怪我がないかを確認する。

手だけが人間のアンバランスな人形は息子に助けられ、倒れたまま上身を起こした。

眼孔を覗き込むように、真悟は能面に顔を近づけた。

「お母さん、僕はいいんです——僕は、こうして、生きてお母さんに会えただけで……。せやからお母さんも、お祖父さんを殺したわけやなかったお祖母さんを、どうか許して——」

「……」

真悟に顔を向けながら、しかし、人形は応えない。

苦しそうに人形は黙っていた。

その苦しみが判るほど、人形には人間の気配が漂い始めていた。

しかし、人形は硬直したまま黙り続けていた。


このまま再び、元の動かぬ人形に戻ってしまうのではないか？――一平が思ったその時、惣右介の声が静かに響いた。

「智恵さん、愛子さん……。あなたたちが長い間秘め続けてきた思いは、今、ここで明らかになりました。しかし、あなたたちの人生を再び前に進めるためには、『嘘』という『毒』を完全に除かなければなりません。それをお解りになっているからこそ、愛子さんは今、戸惑っているのだと思います。智恵さん――」

惣右介は尼君に顔を向けた。

「段平さんと古宇津保さんの死の真相、あなたご自身の死体損壊の罪――法律的な時効は過ぎてしまっていても、『真実』として、然るべき告白の手続きをして下さいますか？」

両手で胸を押さえ、尼君は深く頷いた。

惣右介は目を閉じて頷き返す。

「これできっと、過去の『秘密』は『秘密』ではなくなるはずです。智恵尼《ちけいに》さん――」

尼君を法名で呼び直し、惣右介は目を開けた。

「このお堂に隠された最後の『秘密』を、御開帳してもよろしいですか？」

惣右介の顔をじっと見つめ、尼君は大きく頷いた。

*

惣右介は立ち上がり、宣言するように言った。

「文楽一座の大野さんが芝居小屋をこっそりと抜け出した理由――それは、智恵尼さんが客席にいらしたからでした。……以前調査を断られたからなのでしょうか？　あるいは蔵で発見した木箱の『蓋書き』に確信を得たからでしょうか？　智恵尼さんが芝居小屋にいる隙に、大野さんはこっそりここにやって来た――。そして、大野さんはそれを発見した。お寺が管理する岩屋にも何かが隠されているのではないかと思った大野さんは、功を焦って岩場で足を滑らせた――」

堂の中央に立ったまま、惣右介は尼君に顔を向けた。

「いかがでしょう？　僕の考えは正しいでしょうか？」

尼君は小さく頷いた。

「……ええ。あの箱の蓋が、あの日、お堂の隅に残されてました」

「その蓋書きには、何と？」

「『三味線弾き富澤段平　玉島良一氏を写す　梅本久太夫』……と」

「……」

黙って頷き、惣右介は堂の奥、祭壇左の大きな厨子の前へと進んだ。

厨子を背に、惣右介は堂内の人々を見渡した。


尼君、人形、真悟、一平――堂内の全員が惣右介の顔を見上げた。

惣右介は言った。

「人の姿に似せて作られたものを、僕たちは『人形』と呼びます。しかし、そこに並外れた美や感動を見出したなら、僕たちはそれを『芸術』と認識します。……そして、その域すらも超えていると感じた場合、僕たちはそれを、また別のものとして認識します」

身を翻して厨子の前に座り、惣右介は姿勢正しく合掌した。

合掌を解き、惣右介は静かに厨子の扉を開いた――。


「あっ！」一平は思わず声を上げた。

人間が隠れていた？――一平は一瞬思った。

薄暗い厨子の中、そこには大きな『大国さま』が祀られていた。

生きているように見えるのに、しかし、明らかに人間ではない神々しい像――。

緞子《どんす》の衣裳と大国頭巾。肩の位置に持ち上げた左手に布の袋。膝の上の右手に小さな小槌。

密教の「憤怒の相」でもなく、七福神の「破顔の笑み」でもない――穏やかで、整った、リアルな人間の相貌をもった、それは不思議な仏像だった。


仏像を見上げながら、惣右介は呟いた。

「三味線と撥を大国さまの道具に持ち替えて、段平さんの生き人形は『仏像』となって、ここで、家族の再会の時を待っていた……」

正座をしたまま、惣右介はゆっくりと堂内に向き直った。

優しくも悲しげな表情を浮かべ、惣右介は畳に倒れた人形を見つめた。


大きく上半身を起こし、人形は茫然と厨子を見上げた。

「おとう……さん」

震える声で、人形の中の娘は言った。

ゆっくりと尼君に顔を向け、そして、娘は言った。

「おかあさん……」

唐突に人形は両手で自分の髪を掻きむしった。

黒い鬘《かずら》がするりと滑り、人形の坊主頭が顕れる。

続いてきものの襟元に手を入れ、人形は肩の辺りで何かを操作した。

次の瞬間、前後二つに分かれた人形の頭がゴロンと畳に落ちた――。

それは、一人の女性の半生が閉じ込められた、『密室』が開いた瞬間だった――。


遮るもののない、明瞭な声が響いた。

「お母さん……」

呼ばれた母は娘を見つめた。

長い回り道をして再会した母と娘は、悲しみとも喜びともつかない、今にも泣きそうな表情で互いの目を見つめ合った。

二人の横で、真悟は既に泣いていた。

万感の思いと安堵――声なき嗚咽には、そんな感慨が籠っていた。


本性に戻った娘――玉島愛子の顔に、一平は遠慮しつつも視線を向けた。

いよいよ涙がこぼれそうな、色の白い中年女性。ほとんど日の光に当たっていないのであろうその顔は、健康的とは言い難かった。

しかし、その顔は少しも毒に崩れているようには見えなかった。


堂内の薄暗さではっきり見えないだけなのか？

繊細な人形作家には耐え難い傷が、どこかにあるというのだろうか？

あるいは神仏の慈悲ゆえに、『解毒』の奇跡が起こったのか――?

そのいずれが正解なのか、一平にはわからなかった。

終幕

「ぼちぼち、時間なんやけどなぁ……」

ハッチの端に立って腕時計を見ながら、船員は暢気にぼやいた。

「ええ、ぼちぼちやとは思うんですけど……」

惣右介のボストンバッグを両手で持ち、埠頭の一平は愛想笑いを返す。

祭りの翌朝、午前のフェリー。

この便で島を去る予定の惣右介は、寺に出掛けてまだ帰らない。

母娘《おやこ》の今後は本人たちに任せるとしても、真悟君の今後についてだけはきっちり話し合っておきたい——そう言って、惣右介は寺に向かったのである。


思えば不思議な出来事だった。

失踪した真悟。

残されたノート。

小屋から消えた大野。

四十四年前の事件の秘密。

人形の中に隠れた人形作家。

そして、正体不明の三味線弾き。

それぞれの謎がそれぞれに絡み合い、浮かび上がった複雑な事件——。

それぞれ一つだけに注目しては決して解けない不思議な謎を、あの人はたった三日で解《ほど》き、真実の姿に織り直してしまった。

あの人がいなければ、玉島親子の不幸が終わることはなかっただろう。

文楽の巡業も、拍手喝采のうちに幕を閉じることは難しかっただろう。

そんなあの人が動いているのだから、真悟さんのこともきっと安心——一平は思っていた。

『海の向こうから来る人形は神さんの化身。悩める衆生を救ってくれる』

宮司から聞いた古い言い伝えを、一平はしみじみと思い出す。

生身の人間を「人形」呼ばわりするのは悪い気もするが、「人形」も「神さんの化身」も、あの人を譬える言葉として妙にしっくりくるのだった。

あの人との出会いは、もしかすると自分にとっても……。

「……あ、走って来た。走って来た」

船員の言葉で我に返り、一平は振り返った。

ジャケットの裾をはためかせながら、惣右介は入江屋の前を走っていた。

＊

「すいません、お待たせしました――」

息を整えながら埠頭に立ち、惣右介は船員と一平に頭を下げた。

「ほな、ぼちぼち出発しますか」

船員はのんびりと言い、タラップの奥へと去って行く。

荷物を手渡し、一平は惣右介に尋ねた。

「真悟さんの件は、どうでしたか？」

「ええ、ちゃんと話し合えましたよ。……弦二郎さんから文楽劇場や各方面に交渉の電話をしてもらって、ひとまず、島で静養する許可を貰うことが出来ました。それなりのお咎《とが》めはあるかもしれませんが、やむにやまれぬ人の『情』を語るのが文楽の芸――。事情が事情だけに、復帰はきっと許されることでしょう……」

「良かった――」一平は微笑んだ。「弦二郎さんも、病院のベッドの上から良い仕事をしてくれ

ましたね」

「病床ではなく、文楽の『床《ゆか》』で活躍できれば、尚良かったんですけどね――」

微笑みを返し、惣右介は冗談ぽく溜息をついた。

「……まぁ、可哀想なんで、お見舞に寄って帰ることにしますよ。……じゃあ、一平さん。本当に、色々お世話になりました」

惣右介は右掌を差し出した。

一平は力いっぱいその手を摑んだ。

「こちらこそ、本当にありがとうございました……。海神さんがいなかったら、きっと、嘘は嘘のまま隠され続けて、解毒の奇跡は起こらなかったと思います――」

「え――？」

昂ぶって口走った一平の言葉は、惣右介には上手く伝わらなかった。

惣右介は不思議そうに微笑み、そして、言った。

「では、一平さん……『まず今日《こんにち》は、これぎり』」

「へ――？」

惣右介の不思議な言葉に、今度は一平が首を傾げた。

汽笛が鳴った。

惣右介は一平の掌をぎゅっと握り返す。

思わず緩んだ掌をすり抜けて、惣右介は船のハッチを後ずさった。

終
幕

「……今の言葉、何ですか？」

「芝居の幕切れ、挨拶の言葉ですよ」

上がってゆくハッチに、惣右介の姿は徐々に隠されてゆく。

一平は口元に両掌を添えて尋ねた。

「どういう意味ですかー？」

姿が見えなくなる直前、惣右介は片手を上げ、大きな声で答えた。

「――またお会いしましょう！」


とその時、一平の背後で「あーっ！」と大きな声が響いた。

一平は振り返った。

またも見送りに遅れた母が、手を振りながら入江屋から駆け出て来る――。

一平は苦笑し、海の方へと視線を戻した。

思いのほか遠く、船は埠頭を離れていた。

「海神さん、またきっと……」

きらめく波光に目を細め、一平は海に向かって囁いた。

《出典》

『摂州合邦辻』　菅専助、若竹笛躬

『玉藻前曦袂』　浪岡橘平、浅田一鳥

『妹背山婦女庭訓』　近松半二、松田ばく、栄善平、近松東南、三好松洛

『壇浦兜軍記』　文耕堂、長谷川千四

【著者】稲羽白菟（いなば・はくと）

1975年大阪市生まれ。早稲田大学第一文学部フランス文学専修卒業。2015年に『きつねのよめいり』で第13回北区内田康夫ミステリー文学賞特別賞。2016年、本作で第9回島田荘司選ばらのまち福山ミステリー文学新人賞準優秀作受賞。

稲羽白菟ノサイト　www.inabahakuto.jp

合邦《がっぽう》の密室《みっしつ》

●

2018年6月26日　第1刷

著者…………稲羽白菟《いなばはくと》

装幀…………坂野公一＋吉田友美（welle design）
カバー写真……Shutterstock.com

発行者…………成瀬雅人

発行所…………株式会社原書房
〒160-0022 東京都新宿区新宿 1-25-13
電話・代表 03(3354)0685
http://www.harashobo.co.jp
振替・00150 6 151594

印刷…………シナノ印刷株式会社

製本…………東京美術紙工協業組合

ISBN978-4-562-05580-7, Printed in Japan